巨大天体襲来！　壮絶な戦い・地球脱出

人類最大の危機を超えて星の海へ

海老原智夫

22世紀アート

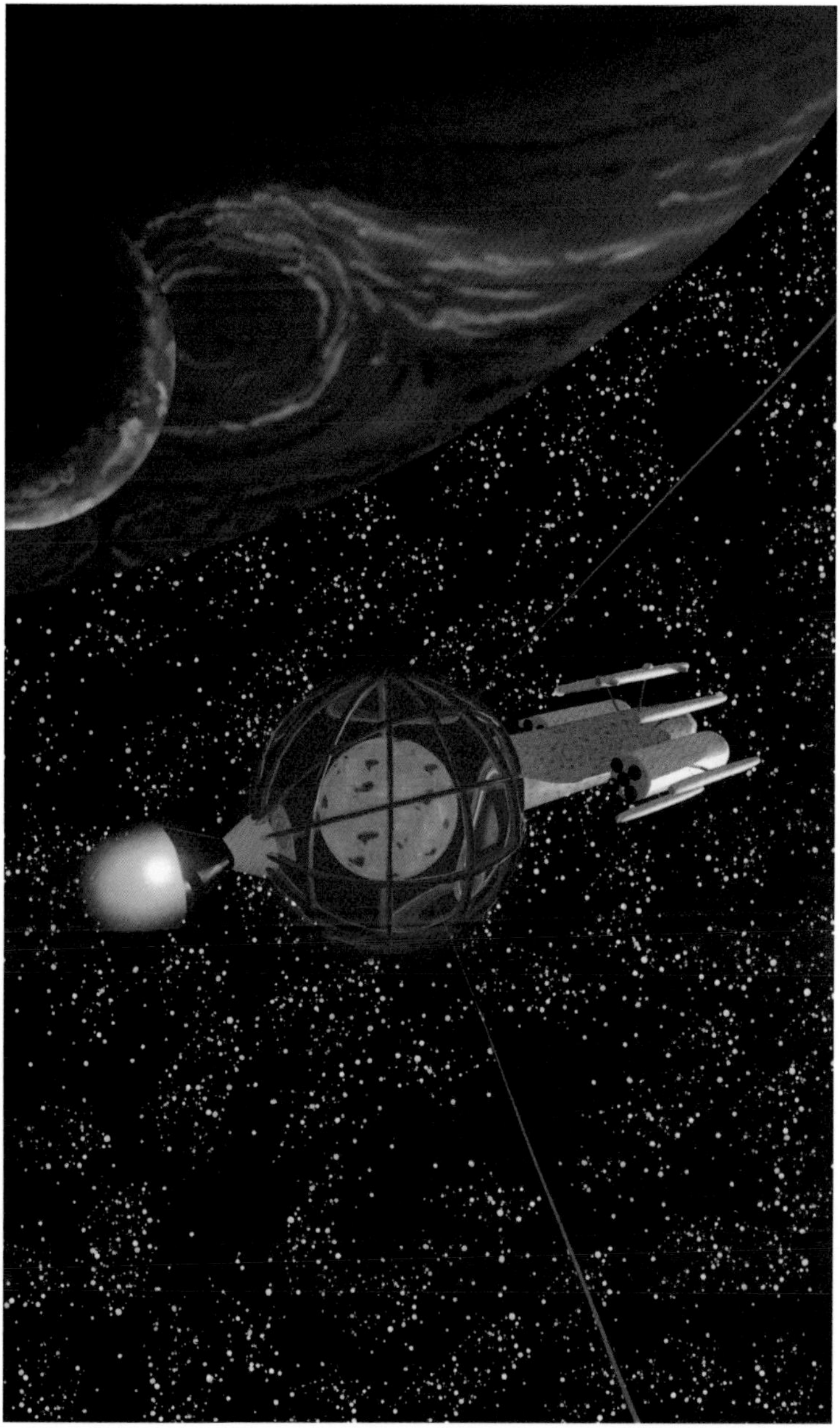

「冥王星と衛星カロン」〔イラスト提供〕オリオンプレス

まえがき

一九九六年九月一六日の新聞（日本経済新聞）に以下の記事が掲載された。

〔地球を襲う小惑星探れ・スペースガード協会、来月発足〕

「地球に襲来する小惑星やすい星を探るための民間組織、「日本スペースガード協会」が一〇月二〇日に発足する。海外の同様の活動をする組織と協力して地球に接近する小惑星の観測・軌道決定を進めるためのネットワークづくりや、研究に必要な費用の提供、各国政府・研究機関への観測プランの提案など多彩な活動を展開する考えだ。

小惑星などの地球衝突はこれまでも知られていたが、地質学の進歩で恐竜絶滅と巨大いん石落下の関係が詳しく研究されるようになった。一昨年はすい星の木星衝突が起きたこともあり、人類絶滅をもたらす恐れのある天災として論議されるようになった。

このため、世界の天文学者や宇宙工学者、民間の天文愛好家らが今年三月に集まって国際的な観測網づくりに向けた国際スペースガード財団（本部ローマ）を発足させた。これに伴い、日本でも拠点となる組織づくりの動きが具体化した」

このニュースは、ちょうど、本書のまとめをしている時で、私には吉報であり意を強くする報道であった。

地球に天体が衝突する。大宇宙の中の小さな地球、天体衝突の危機は十分あり得ることである。地球的規模で生命に危険が及ぶのは、直径一キロ以上の隕石が衝突したときであるようだ。直径一キロ以上の隕石が衝突するひん度は、一〇万年に一個程度であるらしい。しかし、一〇万年に一度は明日かも知れない。

その時、地球人類絶滅という全人類共通の恐怖に、高度文明に生きる人間たちはどう対応するのか？

しばらくの間、皆様とともに宇宙の出来事を体験してみたいと思う。

一九九六年九月

著　者

最近の宇宙探査は新技術搭載の衛星打ち上げにより、著しい進歩を遂げている。これに伴い本書も大幅な見直しを図った。

二〇二一年四月

著者

目次

プロローグ「地球人は宇宙人」

地球を育む太陽、生命を産み生物に生を与える偉大な太陽、その太陽も終わりがあるという。太陽は誕生後四六億年、いまその年齢は半ばにある。

太陽が死ぬ日が地球の死ぬ日であろうか。いや、地球はそんなに長く生きられまい。

地球の最期は人類自らの核戦争による最期か、環境汚染による全生物の最期か、熱帯林の中に潜む未知のウイルスによる最期か、あるいは地球自らの異変による最期か、いや、もっと規模の大きい天体大異変か、巨大天体の衝突か、もっと劇的な異天体（ＵＦＯ）の攻撃による破壊か、それはわからない。明日なのか、一〇〇年後か、五〇〇〇年後か、五万年後か、五億年後か、それもまったくわからない。

地球には必ず最後の日がある。

しかし、それが遠い日のことであれば、それは全人類の消滅にはならないだろう。

人類には宇宙という未知の世界がある。

一三八億光年に広がる全宇宙、二兆個の銀河、一つの銀河に二〇〇〇億個以上の恒星、一つの恒星の中の我が太陽系宇宙、第三惑星・水の惑星地球、太陽を回る宇宙船地球号、その中でうごめく生き物たち、そこには生存への強い意思と活動がある。

大宇宙の中の小さな小さな人間。明日をも知れぬ宇宙の中で生きる人間たち。

宇宙、なぜ人間の郷愁をこれほどまでにそそるのか。

宇宙に向かって、炎と共に直進する勇壮な宇宙ロケットの打ち上げに、なぜこんなにも興奮を覚えるのか。

人類の誕生も元をたどれば宇宙の一つひとつの物質が源である。宇宙は太陽をつくり、地球をつくり、そして生命をつくった。単細胞の生命はやがて信じられない進化の道をたどり、そして信じられない高等動物の人類をつくった。

広い宇宙に飛び出して行きたい。俺の故郷に行ってみたい。

今あなたは地球人。

生まれ、食べ、遊び、勉強し、仕事し、笑い、泣き、興奮し、感動し、悲しみ、楽しみ。

あっと言う間に時は流れ、名もなきひとりの人間のはかない務めを終え、生あるものの当然の結果として死を迎えその生涯を閉じる。

そして、幸運なら天へのぼる。

宇宙をさまよい、地球の先人達や宇宙人と出会い、宇宙の成り行きを見守る。

悪者は地獄に落ち、罪をつぐなう。

魂は永遠に生きるのだ。


今あなたは地球人、宇宙を感ずる暇もなくただ只忙しい。

とは言え己の楽しみも少しはある。将来はもう少しましな生活をと楽しみに、夢を抱いて頑張っている。ビールも美味い、食事も美味い、たらふく食って満足だ。

しかし、時々、何とも言えぬ寂しい気持ちに襲われる。

いったいその寂しさは何であろうか。死の恐怖か、それとも己の孤独を知った時か。

あるいは、ひとり宇宙をさまよう夢を見たときか。

その寂しささえなければ、やがて来る死など少しも恐れはしないのに。


そんなあなたに宇宙人の勧め。

宇宙人になろう！　いや、あなたは宇宙人なのだ。

地球の出来事、己の心配事、小さい、ちいさい。

星空を見上げましょう。そこはもう宇宙だ。

身近な隣町も外国も直接見えないけれど、遠い遠い何十万光年の宇宙の彼方の星は直接見ることが出来るのだ。宇宙はあまりにも身近にあったのだ。


その星のキラキラまばたきは何十万年も前に、その星から出発した星の光だそうだ。そんな光がよくぞ地球まで届くものだ。肉眼で見る限りまったく宇宙はどこまでも透明で壮大だ。

計り知れない広大な宇宙と、あなたの間には妨げるものは何もない。

あなたは丸い小さな地球という星の上に立っている。頭のすぐ上は大宇宙だ。

何万光年も遙《はる》かな星にも、そこに住む宇宙人が立っている。

そしてその宇宙人は、遠い星を眺めて、「宇宙人は居るのかな？」と思いを巡らしている。

お互い宇宙人なのだ。

あなたとその宇宙人の間には妨げるものは何もない。ただあるのは、果てしない距離空間だけである。

途方もない空間だけがある。

遠い宇宙人達も同じように何十万年も前に地球を出発した光（地球は自ら光は発していないため本来は太陽の光）を見ている。

遠い宇宙人も地球人も同じ時間に宇宙に向かって立っているのに、お互いの見る世界は遠い遠い過去なのだ。

だとすれば、その光を分析すれば何十万年も前の類人猿達が闊歩する姿を見ることが出来るはずだ。

いや、おお急ぎで行ってその光を追い越せば過去が見えるのではないか？

だが、残念ながらそれは出来ないらしい。光を追い越すことはできないらしい。

光より速いものはないのだそうだ。

なぜ、こんな訳のわからん話が存在するのか？

それはあまりにも宇宙が大きいからだ。地球上では光は電気や電波と同じ瞬間の出来事だから光のスピードで物事は瞬時にかたがつく。

なにしろ光は速い。一秒間に地球を七回り半も進む。

だが、外国通信を衛星通信経由で受信したテレビ放送などを見ると、一秒の何分の一かの時間のずれがあり話しにくい場面を目にする時がある。こんな時、ふと、宇宙の広さを感ずると同時に光の速さにも限界があるのを自覚する。
光とて広大な宇宙には手こずるのだ。
夜空に輝く星たちは途轍も無く遠い。
だから、宇宙は夢である。宇宙に圧倒されるのだ。
しかし、いくら宇宙が遠くとも実在している場所に行けないはずはない。
そこへ行ってみたい。無性に行ってみたい。生きているうちに。
そこへ行こう。宇宙人に会ってみよう。すこし宇宙人度をレベルアップして。
宇宙人達は地球人のようにセコセコしない人種と聞いている。

あなたの宇宙人度は?

　あなたの宇宙感をテストします。

問１　月は地球の惑星である。

問2　あなたの眼で月のクレーターを見たことがありますか。流星はどうですか。
問3　太陽系には8個の惑星がある。
問4　火星には生物がいることがわかっている。
問5　太陽は一〇億年後には、水素を燃やし尽くし、赤色巨星へと膨張していく。
問6　月は自転しないため、いつも地球に同じ面（兎の餅つき）を見せており、裏側は決して見せない。
問7　惑星探査衛星ボイジャー二号が、海王星に接近したのはロケット発射五年後である。
問8　ロケットの地球引力脱出速度は秒速五キロである。
問9　光の速さは秒速三〇万キロである。
問10　特殊相対性理論はアルバート・アインシュタインが発表した。

答1　NO
答2　月は双眼鏡でOK、流星はじっと待っていれば見えます。
答3　YES（冥王星は準惑星に変更、五個の準惑星の一つ）
答4　NO（NASAは火星からのいん石で微生物の痕跡らしいものが見つかったと発表し

たが、真偽は明確ではない)

答5　NO

答6　NO

　月は一か月で地球を一回りします。裏側は見せませんが同時に一回転しています。公転周期と自転周期が同じためです。(リンゴかミカンでやってみたら!)

答7　NO

答8　NO

答9　YES

答10　YES

評価

九問以上正解　あなたは立派な宇宙人です。

七問以上正解　あなたはもうすぐ宇宙人です。

四問以上正解　あなたはまだ地球人です。宇宙人は目の前です。

三問以下正解　あなたは立派な地球人です。きっと宇宙人になれます。

なぜＮＯかですって？　どうぞ先へお進みください。

九問以上正解の方はもうすでに宇宙の旅の準備はできています。次の項の「宇宙の姿・宇宙の旅の準備」はとばして先へお進みください。

さあ、早く宇宙に行こう。

1　宇宙の姿・宇宙旅の準備

宇宙の旅の出発です。宇宙旅の準備をします。

宇宙の全体像をイメージできれば宇宙の旅は楽しいものになるでしょう。

全宇宙

現在の宇宙論では、一三八億年前、宇宙はある一点に集まっていた。ある時、何かの原因で超高温、超密度の火の玉が生まれ、ビッグバン（大爆発）を起こし、そのまま膨張を続け徐々に温度を下げていき、その過程で、物質が集まりだし、密度の高い部分と低い部分が出来てきた。

それが更に進んで、宇宙空間の物質が集まり星がうまれ、星のかたまりの銀河がつくられていった。

宇宙は風船のように、現在も光速で膨張を続けていると言われている。

全宇宙には均等に星が存在するのではなく、星の塊である銀河が一定の法則で存在しているのである。

全宇宙は、半径一三八億光年の膨らみがあり、星の塊である銀河がなんと数千億個存在するという。

現在では、約一三〇億光年の銀河も確認されている。

(肉眼で見える最も遠い銀河は「さんかく座銀河」二七二万光年である)


では宇宙の外側は何だろう?

我が銀河系宇宙

我が太陽系の存在する銀河は天の川銀河とも呼ばれビッグバンと共に誕生した。

天の川銀河の直径は、約一〇万光年で凸レンズ型の渦巻状銀河である。

銀河系には二〇〇〇億個以上の星が集まっている。レンズ状の星のかたまりは、天の川としてその姿を見る事ができる。

この中には、太陽の八〇〇倍もある巨大星(ペテルギュウス)やブラックホール、超新星、中性子星など不思議な天体がたくさん存在している。

恒星(太陽のような独立した星で多くが自ら燃えている)二〇〇〇億個。

地球に似た多くの惑星のうち、生命が誕生している星はあるのか?

人間以上の知能の発達した宇宙人は果たして存在するのか? 興味は尽きない。

生命誕生に必要な元素、窒素、炭素、水素、酸素などは宇宙ではごくありふれた物質であり、生命誕生のチャンスは多い。宇宙にはきっと高等生物がいるに相違ない。

ＵＦＯに乗って異星人はすでに地球に来ているかも知れない？

太陽系宇宙

銀河の二〇〇〇億個の星の中の一つ太陽系宇宙。それは銀河の中の片隅に存在し、銀河の中心から約二万五八〇〇光年の位置にある。

四六億年前、銀河系の現在の太陽系の近傍で超新星の爆発があった。星雲のある部分が高密度となり、ちりとガスからなる星雲が収縮を始めた。収縮するにつれて、中心部は高温となり輝きを増大させた。原始太陽の誕生である。中心部の原始太陽のまわりには原始太陽系星雲が円盤状に取り巻き回転している。やがて、星雲の冷却が始まり、ガスは鉱物質の粒子を生み出し、それが集まり固体が形成された。小さな星の固まりは互いに衝突を繰り返し、原始惑星へと成長していった。ここに、太陽と太陽を中心とした八つの惑星、太陽系が誕生した。

太陽系を五円玉とすると天の川銀河は北海道から九州までの大きさである。太陽系は銀河内を秒速２１７キロの速度で二億二六〇〇万年かけて公転（一周）している。一光年の距離を一四〇〇年かけて進んでいる。また天の川銀河も宇宙空間を秒速６００キロで移動している。

太陽

太陽は現在四六億歳、年齢半ばである。恒星としての寿命は一〇〇億年だろうと言われている。これから一億年に一％ずつ光が強くなっていき五億年くらいたつと、地球の海水は蒸発してしまい、生物の住めない星となってしまうらしい。核融合がますます激しくなり膨張していき赤色巨星となり五〇億年後には水星・金星は飲み込まれてしまう。その後二〇億年もすると衰え収縮し始めやがて光のない天体となってしまうだろうと予測されている。

太陽の大きさ　直径約一四〇万キロ（地球の約一〇九倍）
平均密度（kg／㎥）　一立方メートル当たり一四〇〇キロ（地球の約四分の一の重さ）
質量（kg）　（地球の約三三万倍）
自転周期　二五・三八日（表面が流体のため赤道より両極は遅く三〇日周期である）
温度（℃）　表面約六〇〇〇度、中心核約一五〇〇万度、中心部は核融合反応で膨大なエネルギーをつくり出している。
主な成分　水素（七一％）、ヘリウム（二七％）、その他の元素（二％）
内部構造　彩層―対流層―輻射層―中心核　（巨大なガス体）

中心核　半径　一〇万キロ（直径は地球の一六倍半の大きさ）
核融合で発生したガンマ線は六〇万キロの表面へと移動する。
光の強さは太陽表面の一〇〇万倍。
輻射層　厚さ　四〇万キロ　高密度のガス状原子が詰まっている。
ガンマ線はガス状原子に衝突してX線や紫外線に弱められる。
対流層　厚さ　二〇万キロ
下層からの供給されるエネルギーで猛烈に対流している太陽黒点などが形成
される。
彩　層　厚さ　一万キロ（主に水素）
ガスのかたまりを噴出し、フレアやプロミネンスをつくる。
フレア爆発は太陽の磁場のエネルギーがもとになった大爆発で二〜三〇〇〇
万度の超高温に達する。
プロミネンス爆発は太陽直径の四分の一にも達する長さのガスが帯状に噴き
上げられる現象で数千〜数万度の低温のガスである。

コロナ　（大気）

日食でよく見られる太陽の回りの輝いて見えるのがコロナである。数百万度の高温のX線を放射するプラズマである。

太陽表面温度六〇〇〇度の上層部の大気がなぜ数百万度の高温であるのか、よくわかっていない。

（コロナウイルスのコロナも同様に王冠を意味する）

《核融合反応》

太陽は質量の三分の二は水素、残りがヘリウムである。この水素が一五〇〇万度という中心核で核融合反応を誘発している。

第一融合　水素の原子核二個が衝突し融合反応を起こし、膨大なエネルギーを発して重水素核をつくる。このとき二つのニュートリノ粒子が飛び散り太陽から逃げ出す。

第二融合　重水素の原子核は、回りの陽子と結合し、ヘリウム3をつくる。このとき強烈なエネルギー、ガンマ線を放出する。

第三融合　ヘリウム3とヘリウム3が衝突して、ヘリウム4をつくる。

膨大なエネルギーを発し、二個の水素の原子核がはねとばされる。二個の水素の原子核はまた第一段階の融合反応を起こし永遠の燃え尽きない輪廻が始まる（今後も数十億年は続く）。

・人工核融合　人類は、太古から核融合エネルギーを太陽光として日常的に利用してきた。核融合を地上で実現することができれば、海水中に含まれる重水素を燃料とすることができるため、恒久的なエネルギー源を手に入れることができると考えられている。核融合の研究は、これまで世界主要国において精力的に行われ、高温プラズマの生成及び制御に成果を挙げ、核融合炉実現の科学的見通しが得られるところまで到達している。（文部科学省）

・２００７年７月、日米欧中プロジェクトによる熱核融合実験炉の建築がフランスで始まり、２０２５年運転開始を目指している。

・２０２０年１２月７日、中国の次世代核融合研究装置「中国環流器２号Ｍ」が成都市で完成し、初の放電に成功したと発表した。この研究分野で中国が世界のトップクラスに躍り出たことを示すと報道。

・人工常温核融合　常温において核融合エネルギーを発すること。
常温（室温）核融合発生の証拠は次の３点①熱の発生②中性子・ガンマ線の放出③トリチウムの生成である。

（現在世界各国で企業など含めて研究されている。英国に本拠地を置く国際常温核融合会議において研究成果が発表されているが明確な融合反応の証拠は見いだせていない。否定的な意見も多い）
・原子炉（原子力発電）　ウランやプルトニウムを継続的に核分裂させて、その熱エネルギーを利用して発電するものである。

地球

原始地球は次第に大きくなると同時に重力も増大し、地球のまわりを取り巻く微惑星を次々に吸い寄せ真っ赤に燃える灼熱の地球がつくられていった。微惑星衝突の度に地球表面温度はさらに上昇し地球はマグマに覆われた。微惑星衝突は水蒸気と二酸化炭素のガスを発生させた。次から次に発生した原始大気は宇宙空間に逃げずに原始地球の回りに残存し、やがて、地球を取り巻く大気を形成していった。

原始地球は次第に冷え始め、地表は固まり地殻を形成していった。

やがて、大気中の水蒸気が冷え雨となって地表に降り注いだ。雨は豪雨となりやむことなく降って降って振り続き、その大量の雨は海をつくった。

大気中の水蒸気は雨に変わり、地球を覆っていた雲は消え去り太陽が顔を覗かせ晴れ間が見えてきた。海では打ち寄せる波間でランソウ類は酸素をつくりだした。ソウ類は太陽の光と二酸化炭素と水から酸素をつくる光合成の機能を持ったのである。ソウ類は光合成で得た栄養素で大増殖し、酸素を大量に放出していった。数億年という長い時間をかけて酸素は大気中に蓄積していった。大気成分の酸素は、生物の紫外線による被害を守るオゾン層を形成した。地球誕生から数億年を経て地球は酸素を含む大気と大陸と海を持つ太陽系一の豊かな自然を持つ惑星へと変貌していった。

そして、今から三五億年前、地球誕生から一一億年を経た原始の海で地球上最初の生命が誕生した。無機物質から原子単細胞生命の誕生である。こんな画期的な出来事が存在したのだ。この生命は原始の海でゆっくりと進化の道を辿り始めた。

海で進化した生物はオゾン層に守られ、やがて、陸へと進出し始めた。

約六億年前のカンブリア紀に生物の爆発的な繁栄があり、二億四〇〇〇万年前に恐竜が出現し地球は俺のものとばかりにかっぽした。しかし約六六〇〇万年前に突如、恐竜は地球上から消滅した。原因は隕石衝突説（ジャイアント・インパクト説）が有力である。

直径一〇キロほどの巨大隕石が衝突し、吹き上げられたチリは成層圏まで達し、地球全体をおおい太陽の光をさえぎった。気温は急激に低下し、氷点下まで下がっていった。恐竜たちは生きて行けなかった。

隕石衝突跡は、メキシコ・ユカタン半島にある直径一五〇キロのクレーターではなかろうかと思われている。

やっと体温を持つ哺乳類の時代がやって来た。

やがて四〇〇万年前頃、類人猿の一部は人類への道を歩き始めた。

多くの文明が現れ、その時代を謳歌したが、あっと言う間に消滅していった。

そして今、俺たちがいる。永遠の繁栄を信じて。

＊隕石衝突説は一九八〇年アメリカの物理学博士アルバレス親子が発表

＊最近の地球への隕石衝突例

二〇一三年二月一五日ロシア南部への隕石落下。大きさ二〇〜三〇ｍ、落下速度秒速一七キロ、地上三〇キロで閃光爆発、三個に分解し三回の爆発音（衝撃波）、その後分解を繰り返し、メートル以下の分解隕石が湖沼地帯に落下した。衝撃波は関東ほどの地域にガラスの破片などによる人的被害と屋根・壁・

ガラス窓などの家屋の破壊などの被害をもたらした。昼間だったため多くの人の目撃や閃光落下の映像記録が残された。

地球の大きさ　直径約一万二七五六キロ
平均密度（kg／㎥）　約五五〇〇キロ（太陽及び全惑星中最も重い）
公転周期　三六五・二六日（太陽の回りを一周）
　公転速度（地球が太陽を回るスピード）秒速約三〇キロ（時速約一一万キロ）
自転周期　〇・九九七日（二三時五六分四秒）
　自転速度（地球の回るスピード）秒速約〇・五キロ（時速約一六六六キロ）
自転軸の傾き　二三度五分（地域的に四季をつくる）
表面温度（℃）　平均一五度
地球構造　地殻―マントル―外核―内核
　地殻　大陸地殻　厚さ平均三〇キロ　玄武岩質岩石層の上に花崗岩質岩石層が載っている。
　　海洋地殻　厚さ平均五キロ　玄武岩質岩石

マントル　地球全体の体積の八〇%を占める。温度三～五〇〇〇度
上部マントル　深さ六七〇キロ
下部マントル　深さ六七〇キロ～二九〇〇キロまで

外核　深さ二九〇〇キロ～五一〇〇キロまで
温度五～六〇〇〇度の重い鉄、ニッケル等の液体状の金属。
地球の磁場は液体状の金属の流動で電流を発生しつくられている。

内核　深さ五一〇〇キロ～六三七八キロ（中心部）まで、直径二五五六キロの重い金属が沈み込んで出来た固体球である。
温度約六〇〇〇度

地球の熱源　地球の内部熱は地球形成時の残熱が半分、あとの五〇%は地球内部物質ウランやトリウムなどの放射性崩壊による熱である。放射性物質は、やがて崩壊してほかの物質に変化するがその際熱が発生する。

陸の面積　一億四九四五万平方キロ（地球面積の二九・三%）
太陽との平均距離　一億四九六〇万キロ（光の速さで約八分二〇秒）
太陽光の反射率　三〇%

大　気　　大気は地球の守楯である。地球を取り巻き地球と共に回っている。

大気成分　窒素七八%、酸素二一%、その他一%（CO^2は〇・〇四一%）

大気層（下層から）

・対流圏（約上空一六キロまで）　雨や風、雲など地上の気象現象が発生する。大気総量の四分の三がある。

・成層圏（その上二四キロまで）　下層では雨を降らせる役目の硫酸塩の粒子を含む。（マイナス約六〇度と低温帯である）

上層ではオゾン層があり紫外線を弱らせ、生物を守っている。

・中間層（その上八〇キロまで）　温かい層（マイナス約二度）である。隕石（数メートル以内）のほとんどはここで燃えつき地球衝突をまぬがれている。

・電離層（その上六〇〇キロから一〇〇〇キロ）　太陽の放射線によって大気の粒子が電離している層で電波を地上に反射する。

ここでオーロラが発生する。（中間層から上は一〇〇〇度を

超える熱圏であるが、熱圏の熱は分子の密度が極めて低いため、大気からうける熱量は小さく暑さは感じられないとされる）

・外　層（その上五万キロ程度まで）　放射線帯（下層では一〇〇〇度を超え、上層へ向かって温度は低下する）、電離層、外層を熱圏とも呼ぶ。

衛星数　一個（月）

月

地球のただ一つの衛星、満月、三日月、何と美しい星だろう。
夜空に浮かぶ美しい月、地球人たちにどれだけロマンを与えてくれたことか。
月はどうして出来たのか？　どうして地球の衛星なのか？　謎である。
あらゆる生物は月に支配されている。いや月は地球を支配しているのである。
月の引力で地球のマントルが鼓動を続け地球に活力を与えてくれる。
動物のリズムは一か月の周期で繰り返されている。
月の引力で海の潮が動く。潮が動くと長い時間をかけて何かが起こる。

地球に生命が誕生したのも月があったからこそであろう。

無機質の地球環境からどうして生命が生まれたのか。

満月の夜に子孫を残す活動をする生物はたくさんある。

女性の生理は月の導きなのかもしれない。

月の大きさ　直径三五〇〇キロ（地球の約四分の一強）
地球と比較して大きすぎる謎？（惑星と衛星の比）
平均密度（kg／㎥）　三三〇〇キロ（地球の六〇％）
公転周期　二七・三二日
自転周期　二七・三二日（公転と同じ）
地球と月の平均距離　三八万キロ（地球直径の三二倍）

平均とは？

月は地球の回りを回っているのではない、二つの天体の重心を回っているのだ。

重心は地球の中心から月の方向に四六七二キロ地点にあり、ここを中心として回っている。地球も同じ自転をしている。

太陽光の反射率　一二％
表面温度℃　太陽の直射日光下摂氏一三〇度、日陰部分ではマイナス一七〇度
大気の主な成分　大気なし（一〇億分の一気圧で真空）
内部構造　地殻―マントル―核
表　土　水素、アルミ、チタン、ガラスなどの資源を含む。
月の内部熱　内部に軟物質があり地球引力で摩擦がおき熱を発している。

太陽系宇宙のイメージ

太陽系宇宙は、恒星・太陽を中心とした、太陽を周る八個の惑星と五個の準惑星及び小惑星群、そして惑星の回りを回る衛星、遙かかなたの彗星たち、直径三〇兆キロ（三光年）の我が宇宙である。

スケールが大きくなってきたので一〇〇億分の一に縮尺してお話ししよう。

太陽の大きさは、直径一四〇万キロである。メートルにすると一〇〇〇倍だから一四億メートルになる。一〇〇億で割り算すると一四センチになる。

さあ、太陽を一四センチの灰皿にしてしまった。

地球は何センチで、太陽からどの位の位置にあるだろう。

地球は直径一万二七〇〇キロで直径は太陽の一%もないが、約一・三ミリになる。鉛筆の芯にしてしまった。

距離はどうだろう、太陽から地球までの距離は一億五千万キロである。またメートルに直そう。一五〇〇億メートルだね。一〇〇億分の一だから、一五メートルとなった。灰皿から鉛筆の芯までは一五メートルである。一五メートルの距離からのありがたい輻射で地球は生命を誕生させることができたのだ。

一〇〇億分の一に縮小した太陽系宇宙の姿（一ミリが一万キロの宇宙）

	（大きさ・直径）	（太陽からの平均距離）	（主衛星の数）	（公転周期）
太陽	一四〇・〇ミリ			
水星	〇・五ミリ	六メートル	〇個	八八日
金星	一・一ミリ	一一メートル	〇個	二二四日
地球	一・三ミリ	一五メートル	一個	一年
火星	〇・七ミリ	二七メートル	二個	六八七日
小惑星群	（火星と木星の軌道の間にある太陽を囲む無数の小天体群）			

（最大のもの直径一〇〇〇キロのものが発見されている）

木　星	一四・三ミリ	七五メートル	一六個	一二年
土　星	一二・〇ミリ	一五〇メートル	一八個	二九年
天王星	五・一ミリ	三〇〇メートル	一五個	八四年
海王星	四・九ミリ	四五〇メートル	八個	一六五年
冥王星	〇・二ミリ	六五〇メートル	一個	二四八年
ハレー彗星（直径一五キロ×八キロ）				七六年

火星軌道付近から冥王星軌道の外までの太陽を中心とする楕円軌道を持つ。

カイパーベルト　冥王星軌道の外側の小天体群で彗星の予備星群・アメリカの天文学者カイバーが提唱。最大のもの直径二五〇キロが発見されている。

百武（ひやくたけ）彗星

一九九六年三月二三日地球まで一五〇〇万キロに最接近し肉眼で観測できた。太陽に近づくため表面の氷が溶けガス状の尾を引き一等星以上に輝いた。太陽への接近周期は数万年と考えられている。

スピードは時速二〇万キロで地球が太陽を回る速度の約二倍である。

ヘール・ボップ彗星

一九九七年四月地球に接近、観測史上最大級の超大型彗星だった。長く尾を引く姿が印象的だった。前回は約四〇〇〇年前、次回は惑星の重力の関係で二五〇〇年後にやってくる。

広大な太陽系宇宙、土星まで行くと、太陽の輻射量も地球の一%しかない。冥王星では、もう太陽は輝く星でしかない。

一四センチの太陽が、六五〇メートル離れた〇・二ミリの冥王星を引っ張って放さない。冥王星までは光速で五時間半である。六五〇メートルを五時間半、蟻の歩くスピードだろうか。光の速さもハッキリ見えるようだ。

太陽系を出ると一〇〇億分の一の縮尺で、四〇〇〇キロ（四・四光年）の位置にあるアルファ・ケンタウリ星までの間には小さな彗星以外の星はまったくない。

夜空の星々は肉眼で約三〇〇〇個見えるそうだが、たった八個の惑星以外は太陽系の兄弟星ではなく天の川銀河の星である。

（肉眼で見える星は六等星まで《八六〇〇個》としているが実際に一度に見える星は三〇〇〇個程度）（肉眼で見える星の集まりである銀河はアンドロメダ銀河二五〇万光年と南半球で見える大・小マゼラン雲の三銀河である）。

観測衛星による太陽系探査

・木星探査パイオニア計画（宇宙人に最初にメッセージを送った）

一九七二年に打ち上げられた木星探査機パイオニア一〇号は一年九ケ月後に木星に接近し画像送信・磁気圏観測などに成功し太陽圏脱出軌道に乗った。三十年後の二〇〇三年に通信途絶したが二〇二〇年現在、太陽系外をアルデバラン星（五三光年）方向に向けて移動中である。アルデバランへ星への到着は一七〇万年後と推測される。地球外生命体への金属板のメッセージを搭載したがＮＡＳＡ（米航空宇宙局）は探査機と金属板が地球や太陽よりも長く生き残ることを期待しているとしている。これに対してこの情報により宇宙人から攻撃されるかもしれないとの反対意見もあったそうである。一一号は次年打上げ観測した。

このパイオニア10号には、地球人から宇宙人へのメッセージが搭載されていた。アルミ板に金めっきした幅二三センチの絵の手紙である。

絵に刻まれているのは、
・パイオニア10号の絵
・パイオニア10号と大きさを比較した男女の裸体の絵
・パルサー（中性子星）の方向と距離を示す放射状の線
・太陽と九個の惑星の絵と三番目の星、地球から探査機を発射したことを示す矢印
・二つ並んだ水素原子の円と水素電波の長さを示す図
果たして何千年後か、何万年後か、何億年後かに宇宙人の手にわたるだろうか。
宇宙人への永遠のラブレターなんて、アメリカ人のロマンに乾杯。

・木星以遠の惑星を次々と探査したボイジャー計画（宇宙人に音のメッセージを送った）

一九七七年八月・九月打ち上げた宇宙探査機ボイジャー一号・二号機は木星・土星・天王星、打ち上げ一二年後に最終目標海王星に接近探査終了した。鮮明な写真など多くの調査に成功した。探査を終え二〇一二年と二〇一八年、太陽系を脱出した。太陽から一八七億キロ（地球と太陽間一・五億キロ）の宇宙を秒速一七キロ（時速六万キロ）のスピードで宇宙の彼方へ飛行中とＮＡＳＡは発表した。一号は通信継続中で人類作成物が太陽系外へ出たのを確認したのは地球創生以来初である。探査機にはメッセ

ージ録音盤（地球の音）が積載された。五五の言語の人間の声（日本語は「こんにちはお元気ですか」と尺八の音）や音楽・動物の鳴き声などである。

・木星突入観測・ガリレオ計画

一九八九年一〇月一八日、ＮＡＳＡは木星探査機「ガリレオ」を木星周回観測と木星大気突入観測を目的に打ち上げた。小惑星ガスプラやそれより三倍ほど大きいアイーダ（直径五二キロ）に接近観測（二四〇〇キロ）し、初めて鮮明な映像撮影に成功した。

小惑星アイーダは直径一・五キロほどの衛星を従えているのが発見され、研究者を驚かせた。そして一九九四年七月二二日、宇宙観測史上に輝くシューメーカー・レビー第９彗星（ＳＬ９）の木星衝突を観測した。ガリレオ探査機本体から切り離された木星大気探査用プローブが一九九五年一二月七日、木星大気に突入した。大気内の秒速一五〇メートルの風などいろいろのデータが収集できた。ガリレオは木星の軌道に入り二年間にわたって木星本体やガニメデなど衛星を観測した。

・太陽系外に地球と似た惑星はないか・エクスプローラ計画

ＮＡＳＡ（アメリカ航空宇宙局）エクスプローラ計画二〜四年間のミッションで「地球と同等サイズの系外惑星（太陽系の外にある惑星）を太陽系近傍に発見する」を目的に二〇一八年四月ケネディ宇宙センターから、トランジェット系外惑星探査衛星（ＴＥＳＳ・宇宙望遠鏡）が打ち上げられた。過去、ハッブル宇宙望遠鏡など三基の望遠鏡で観測が行われていたが、高性能で視野の広いＴＥＳＳの打ち上げで大きく成果が向上している。また二〇二一年一〇月には次世代望遠鏡（ジェムス・ウェップＪＷＳＴ）を八〇億ドルの超大型ミッションで打ち上げが計画されている。惑星の観測方法は恒星の光の前を通過する惑星によって恒星の光が減衰するので、それらを観測することで、惑星の大きさ、公転周期、大気の状態、恒星からの距離などがＡＩ（人工知能）で推測できる。

最大の観測目的は、地球に似た惑星「ハビタブル惑星」の発見にある。目的の惑星とは地球と同程度の大きさ、恒星から適度な距離で暖かいこと（ハビタブルゾーン）、そして液体の水が存在していることなどだ。

観測の結果、二〇二〇年一二月現在、地球に似た系外惑星は三〇個発見されている。そのうち地球に最も近い惑星は、うさぎ座のうさぎの後ろ足先に位置するガンマ星を恒星（太陽）として周回する惑星（観測惑星名ＪＧ２２９Ａ）である。地球から二九光年に存在するこの惑星は現在ＮＡＳＡの探査対象惑星である。

ロケットのはなし

地球最後の日は必ずあるのだから、人類が地球脱出する日も必ずあるだろう。

それは高度の脱出技術があればの話である。

残念ながら、現在の科学技術では人類が地球を脱出して他の惑星で生存することはできない。

やがて来る地球脱出、それはロケットだ。

ロケットは人類の最終科学技術集合体なのである。
① ロケットはなぜ大気のない真空の宇宙で飛行できるのか？
② ジェットエンジンではなぜ宇宙を飛行できないのか？

ジェットエンジンは、燃焼に大気の酸素を利用しているから、酸素のない宇宙では飛行できない。

ロケットエンジンは、燃焼剤をロケット機体に持っているから、大気の酸素は必要としないので宇宙飛行可能である。


これは回答のひとつである。

しかし、正解ではない。


では、なぜ推進するのか？　これが大事なのである。

ジェットエンジンは、大気を蹴って推進しているからだ。

しかし、正解ではない。

ロケットエンジンは、真空を蹴って推進しているからだ。

これは、誤りである。真空は蹴れない。何もないのだ。

誤ってもけっして恥ではない。ロケット開発の初期には、学者でさえも真空では飛べないと思ったそうである。

推進する原理はどちらも同じである。

真空中だろうと、大気中だろうと、ある質量を排出すれば、物体は反対方向へ推進する。真空中の方が推力は大きくなり効率がよくなる。（推力は極めて強力である）

・膨らませた風船が排気で飛ぶ。
・水道の蛇口につないだビニールチューブからほとばしる水の勢いで、ビニールチューブが逃げて捕まらない。

・勢いよく放水される消火放水口は、ひとりで押さえるのは困難である。
・氷上でスケート靴で立ち止まり、衣類などを後ろへ投げ捨てるとスーッと前進する。
・銃や大砲を撃つと発射方向の反対方向に強い反動が起こる。
これらの運動はロケットの推進原理と同じなのだ。

《推力》＝《毎秒排出質量×排出速度》

ロケットは、高温燃焼ガスなどのある質量を発射して加速排出して推進する。
ロケットは、燃料と燃焼室とノズルがあれば飛べるのだ。

ロケットはそのスピードが命だ。宇宙へ飛び出すには、真空でも推力を維持出来ることと、天体（地球など）の持つ引力から脱出できるスピードが必要だ。もちろん目的地へ早く到達できるためのスピードである。
水平に投げたボールが、地球の引力に負けず地球に落ちないで地球を一回りして再び投げた地点へ戻って来るには、毎秒七・九キロのスピードが必要である。これを第一宇宙速度と言い、人工衛星を打ち上げる場合の速度となり、地球一周に一時間二四分しか掛からない。

通信衛星は高度を上げ三万五八〇〇キロの上空を秒速三・〇七キロのスピードで、地球一周二三時間五六分で回っている。

このスピードは地球の自転速度（一日の時間）とピッタリ一致しているので、静止状態になるため静止衛星と言っている。

毎秒一一・二キロを超えると地球引力から脱出してしまい元の位置に戻って来ない。これを第二宇宙速度と言い、地球を脱出して太陽を回る惑星になる。地球や火星の仲間である。太陽系内の宇宙旅行の際の地球脱出時にはこのスピードが必要になる。

毎秒一六・七キロを超える第三宇宙速度で太陽系を脱出してしまう速度になる。恒星間宇宙旅行にはこのスピードを超えるロケットが必要である。

通常、近傍通過する惑星の重力を利用して加速スイングバイによりスピードアップしている。

月着陸を実現した超大型サターンVロケット

サターンVロケットは、アメリカの威信をかけた月着陸のためのアポロ計画で建造した最大のロケットである。

(1)　全長一一〇メートル、総重量三四六五トン（八七％が燃料の重量）

(2)　機関部

第一段　全高　四二メートル、直径　一〇メートル、自重　一三〇トン
エンジン　Ｆ１ロケットエンジン五基、総推力　三五〇〇トン
燃料　二〇〇〇トン（液体酸素・ケロシン）
燃焼時間　二分三〇秒（一秒に一三トン消費）
一段目燃焼後、高度六八キロ、速度時速九九二〇キロ（秒速二、七キロ）

第二段　全高　二五メートル、直径　一〇メートル、自重　三四トン
エンジン　Ｊ２エンジン五基、総推力　四五〇トン
燃料　四二〇トン（液体酸素・液体水素）
燃焼時間五分三〇秒

第三段　全高　一六メートル、直径　六・六メートル、自重　九トン
エンジン　Ｊ２エンジン一基、総推力　九〇トン
燃料　一〇〇トン（液体酸素・液体水素）

打上げ一二分後、高度一八五キロ、速度時速二万八千キロ（秒速七・八キロ）の衛星となる。

燃焼時間　二分四八秒

(3)　宇宙船　全高　一六メートル、重量　四三トン

着陸船部　全高　七メートル、直径　四・三メートル、重量　一五トン

下降用エンジン、上昇エンジン、各一基

機械船部　全高　七・三メートル、直径　三・九メートル、重量　二三トン

宇宙船の推進ロケット一基（地球帰還用ロケット）

指令船部　全高　三・二三メートル、底辺直径　三・九メートル、重量五・五トン

化学燃料以外のロケット

①　電気利用ロケット

電気を利用した推進ロケットで、燃料ガスを高温で燃焼させ噴出速度をたかめて高速を得るロケットである。

○アークロケットエンジン

電極間に電圧をかけると火花（アーク）が飛ぶ、このアークに気体ガスを流すと高温に加熱される。そのガスを電磁力により加速噴出させて推進に利用するのがアークロケットエンジンである。

○プラズマロケットエンジン

プラズマとは高温に熱したガスで、分子が原子に分離し、原子が電子とイオンに分離しているものをいう。

固体燃料を電極の間に置いて、電極間に高電圧をかけると燃料が加熱分解しプラズマ状態となる。このガスは磁場の作用で加速噴出することができる。これを推進に使うのがプラズマロケットである。構造が簡単なロケットエンジンである。

○イオンロケットエンジン

電子を放出する電極間に気体ガス燃料を送ると、気体分子は電子と衝突してプラズマとなり電荷を帯びた原子（イオン）が発生する。このイオンを取り出し電極間電界に加速噴出し推進するロケットエンジンである。

毎秒二〇〇キロの加速が可能である。

（２００３年、２０１０年打ち上げの小惑星探査機「はやぶさ」は宇宙空間移動にイオンエンジンを利用しサンプルリターンに成功した）

② 原子力ロケット
次の二種類がある。
・原子炉でガスを加熱して高温高圧にし噴出するロケットである。
・原子炉が電気を発電し、電気推進ロケットとして利用する。

③ 光子ロケット
光は光量子性と電磁波としての波動性の二重性を持っている。

光の量子（質量）を排出すれば光子ロケットとなる。

地球にそそぐ全太陽光を集めても推力十数万トン程度である。

強力な光子をどう作るか、また、どう噴射するかなど光子を推力とすることは非常に難しいことである。

光の世界

宇宙はあまりにも広大であるため、距離は光速を用いて一年間に進む光の距離を一光年としている。一秒で地球を七週半、三〇万キロのスピードの光は太陽系宇宙では冥王星まで五時間半の速さである。しかし、大宇宙では一〇〇億年の単位が必要である。宇宙は広大だ。

その何億光年前の光が実際に地球まで届いているのだ。

光は、電磁波（電波）である。テレビ放送電波も電磁波である。電気的に発生した波で、音とは異なる。これは、一八六四年マスクウェルが提唱したものだ。

電磁波を波の振幅数（周波数：ヘルツ）の高低により、人間はうまく利用している。

ラジオは一メガ（百万）ヘルツで波長（波の長さ）は一キロメートル、テレビは数百メガヘルツで波長は一メートル、赤外線の波長はミクロン（千分の一ミリ）、可視光（目に見える光）の波長はナノメートル（一万分の一ミリ）、紫外線、X線、ガンマー線、宇宙線と続くが、いずれも電磁波である。

携帯電話はマイクロ波（波長一〇センチ前後の三G帯）を利用している。

網膜に視覚を感ずる電波があるとはなんとも不思議である。

真昼の空は大気中に浮遊しているチリに光が反射し、波長の短い青い電磁波が強く網膜に映るので青空となる。夕日は大気中を通過する光の距離が長いため、波長の長い赤の電磁波が到達して赤い夕日が見える。

我々は、目に見える波長を色としてとらえているのだ。

七色のニジを基本として、いろいろの色ができ上がっている。ローソクは燃えて目に見える電磁波を発している。太陽やライトから発した光は、物体にあたり物体の色の周波数の電磁波を反射し、その物の色として網膜が捕らえている。

その網膜が、色を確認できる明るさ（照度：ルクス）は一〇ルクス以上が必要であり、月明かりの〇・二ルクスでは無理である。色は確認できなくても、星明かり程度（〇コンマ〇〇以下のルクス）の光があれば、近くの物の存在は確認可能である。

地球の真昼は数万ルクスである。太陽系で最も遠い冥王星の輻射量は地球の一六〇〇分の一で五〇ルクス程度と、事務所内の非常階段の明るさである。

光は宇宙の主役である。

大宇宙への旅立ちは、化学燃料の推力ではそのスピードに問題があり、人類の限りある短い命では、太陽系外への旅立ちは到底不可能である。

旅行には加齢を抑制する冬眠のような長期間の睡眠が必要となろうが、その技術は未だ未開発であり、永遠の眠りになってしまわないか心配である。

恒星間宇宙旅行には、やはり、光または光に準ずる速度が必要である。光にもわずかだが推力がある。光を発射して推進するのが光子ロケットの理論であるが、日本の太陽光を全部集めても推力は一〇〇トン程度であるらしい。

ロケットを推進するだけの推力をどう得ていくのか、現在では夢の世界であり、利用は遠い遠い将来のことであろう。


光の世界の中で有名な理論であるアインシュタインの特殊相対性理論の理解は困難であるが、光速の中では経過する時間が遅いとの理論は将来の光速での宇宙旅行にとって救いである。宇宙単位で言うと光も遅く感じてしまう。もっと早く星に到達できる方法はないものか？　存在することを信じたい。

光を利用した現代の通信

現在私たちは、インターネット、スマートホン、パソコンなどで映像や通信を自由に世界中と交信できるようになった。これらを支えているのは光ファイバーケーブルによる通信インフラである。光は電磁波であり、ガラスで製造した線の中もよく通る。大容量の通信に最適である。通信線はガラス製なので電磁誘導などの障害を受けにくく設備は軽量で資源は無限である。海外通信から各家庭への通信まで光ケーブル通信網で賄われている。現在進行中の５Ｇ（第五世代モバイルネットワークシステム）は、光大容量伝送ネットワークシステムに支えられている。ＡＩ（人工知能）を取り入れ顔認証、自動運転車、遠隔医療、ドローン配送など多岐にわたり一括して行うことが可能なのが５Ｇサービスである。これらあらゆる情報を一括して送信する光大容量伝送はＴｂｉｔ（テラビット）／ｓ（一秒間に数兆ビット伝送）デジタル通信技術が出現している。直径〇・二五ミリの極細のガラス線に〇・一のデジタル信号を半導体レーザーで超高速伝送する技術が確立している。衛星通信や携帯通信は電磁波を無線で送受信するシステムである。携帯電話の無線は基地局を経由して光通信網に入り、送信先の基地局まで送信され、その基地から無線で携帯電話機に受信される。

光を利用した兵器の試験射撃に成功

二〇二〇年五月二二日、アメリカ海軍太平洋艦隊発表、軍艦に試験搭載した海軍研究所の一五〇kwレーザーシステム実証試験機がドローンに対する試射を行い、撃墜に成功したと発表した。発射した半導体レーザー砲の光は可視光ではなく人間の目には見えないのでフィルターを通して撮影され、発射光線の写真が発表された。これにより対艦ミサイルの撃墜が可能となった。

その他の宇宙関連情報

人工衛星「国際宇宙ステーション」（ＩＳＳ）

アメリカ、ロシア、日本、カナダ、欧州宇宙機関が協力して打ち上げ、運用している。一九九八年から軌道上で組み立てが始まり二〇一一年に組み立てが完成した。宇宙環境を利用した研究・実験を行うための有人施設である。地上四〇〇キロメートルの上空を秒速七・七キロで地球を九〇分で一周している。総重量四一九トン、横一〇八メートル、推進方向七四メートルと巨大である。日本は独自に実験棟「きぼう」を接続し、実験室・ロボットアーム・船外実験プラットホームなどを建設して実験を行っている。

無重力状態とは

人工衛星の中の人間は無重力状態で空間に浮いている。これは重力が無いことではない。地球に引き戻す重力と地球を高速で周ることで遠方へ働く遠心力が均衡しているためである。実際には宇宙船の高度四〇〇キロ程度の重力は地上の一〇％ほど小さくなるだけである。それに対抗するため秒速七・七キロの高速により遠心力で無重力状態となっている。通信とかナビ用の静止衛星は高高度三万六〇〇〇キロで重力も弱まり秒速三キロ程度と低速であるが落下せず地球の回転と同調し同じ位置で周回している。言いかえると、衛星は重力により落下しているが地球は丸いので一定の高度を保つことができる。エレベータに乗ってロープが切れると無重力状態になるのは落下スピードと重力が均衡しているためである。アメリカでは飛行機を一万メートル上空から急速降下させて約三〇秒間の無重力状態を体験できる営業サービスがある。

小惑星地球衝突最終警報システム（ＳＴＬＡＳ）

地球近傍小天体を監視するシステムで世界に配置された望遠鏡で全天をカバーし異常に移動する天体を自動的に補足発見する。ＮＡＳＡの資金提供を受け、ハワイ大学天文学研究所が開発・運用している。車椅子の物理学者ホーキング博士は「大型惑星の衝突が地球にとって最大の脅威である」と述べている。毎日見られる流れ星も小さな石・砂などの衝突である。六六〇〇万年前に衝突し恐竜時代を終わらせた天体は直径一〇キロ以上と推測され、メキシコ・ユカタン半島に直径一五〇キロの衝突痕跡（クレーター）が残っている。地球史上三番目の大きな衝突であった。衝突の破壊力で何億年も生存してきた地球上の全恐竜は姿を消し、小さな哺乳類が生き残り、やがて人間が現れ地球の征服者となった。この天体衝突が無かったら人間の出現はなかったかもしれない。

二〇二〇年現在、警報システムは直径一キロを超える地球近傍天体、約一〇〇〇個を監視している。

「生命は宇宙から来た」説（パンスペルミア説）

パンスペルミア説は生命の起源に関する仮説のひとつで、生命は宇宙に広く分布しており、他の天体で発生した微生物の芽胞が隕石に守られ地球に到達したとされる仮説である。微生物は宇宙の極低温に耐えられ、地球衝突時の高温にも隕石に守られ死滅することなく到着したとするものだ。二〇二〇年現在、日本では国際宇宙ステーションのきぼう実験棟で、船外に設置した設備により宇宙空間を漂う微少な隕石や粒子を捕集して、生命の材料になる有機化合物があるか調査している。

宇宙の脅威増大・宇宙での優位が戦争に勝つ

・その例：敵ミサイル発射↓偵察衛星で探知↓通信衛星で情報集約↓迎撃命令↓迎撃ミサイル発射↓測地衛星でミサイル誘導↓敵ミサイル撃破。このパターンを破壊する技術競争（衛星破壊兵器開発）が激化している。（二〇二〇・一二・二九産経新聞）

・二〇二〇・八・一八韓国が軍事衛星打ち上げに成功（アメリカにて）、世界一〇番目の軍事衛星運用国になった。

・軍事衛星の種類：①偵察衛星（解像力一ｍ）②早期警戒衛星（発射・爆発探知）③通信衛星（局地戦にも）④運行衛星（敵位置推測）⑤迎撃衛星（キラー衛星）⑥攻撃衛星（敵地へ落下）⑦気象衛星・測地衛星も軍事目的に運用できる。

ブラックホール観測に成功（電波望遠鏡観測プロジェクト）

二〇一九年四月、地球から五五〇〇光年彼方の銀河にあるブラックホールを世界各地の電波望遠鏡観測システムにより撮影に成功したと発表し画像が公開された。

画像は台風の目のように渦巻状で中心部がブラック色で周りがオレンジ色に輝いて見える。ブラックホールは超重力で周りの物を吸収し、光さえ吸い込んでしまう特殊な天体とされる。

地球に似た星、銀河系に推定三億個と発表（米カリフォルニア大学サンタクルーズ校研究チーム）

研究はＮＡＳＡのケプラー宇宙望遠鏡観測データに欧州宇宙機関（ＥＳＡ）のガイア宇宙望遠鏡観測データを加えることにより銀河系に地球に似た条件の惑星が三億個あると導き出した。研究成果は、天文学専門誌への掲載が受理された（二〇二〇・一一・一〇配信）

地球を周る人工衛星は何個くらいか

二〇一七年二月、これまで打ち上げられた人工衛星総数は七六〇〇基を超え、回収や落下したものを除くと現在、地球を周っている衛星は約四二〇〇基である。他に一〇センチを超えるスペースデブリ（宇宙ゴミ）は約二万個あり、危険なため地球からレーダー監視している。

光速で移動すると止まっている場合の一〇倍も時間が遅い（アインシュタインの相対性理論）

日本のＧＰＳ衛星は秒速三・九キロのスピードで地球を周っています。地球時間より毎日一〇〇万分

の七秒遅くなるので毎日補正が行われている（時間の遅れは浦島効果と呼ばれている）

2　巨大天体・太陽系冥王星へ接近

国連宇宙軍・冥王星地球基地

地球暦・西暦五〇〇一年一二月一一日
太陽系最遠基地、太陽系最遠の準惑星冥王星に西暦四二五〇年建設
建設目的　国連宇宙軍基地、地球間宇宙船基地、宇宙観測基地
　　　　民間宇宙開発援助基地、ＮＡＳＡ連絡基地

冥王星（プルートー）
　遠い遠い、暗く小さい地球の末弟準惑星、星のように遠くで、太陽が瞬きもせず輝き、薄暗い基地の建物から漏れる光が太陽から遠く離れたわびしさを演出している。
　西暦一九三〇年発見　その名はローマ神話の冥土の王「プルートー」からとっている。

太陽からの平均距離　五九億一五〇〇万キロ（太陽・地球間一億五〇〇〇万キロの約四〇倍の距離）

太陽からの距離は近日点では約四四億キロ、遠日点では約七四億キロで太陽を回っている。近日点では海王星の内側の軌道となる。

赤道直径　約二三〇〇キロ（地球の五分の一で月の五分の三）

太陽光の強さ　地球の一六〇〇分の一

太陽光の強さ、地球の一六〇〇分の一の説明

照度の法則、光によって照らされている面の明るさを照度といい、照度は距離の二乗に反比例する。照度の単位はルクス（ℓx）である。

冥王星の太陽からの距離は、太陽と地球の距離の四〇倍であるため、冥王星の太陽の照度は地球の一六〇〇分の一である。

地球の真昼の照度を七万ルクスとすれば、一六〇〇分の一は五〇ルクスである。満月

より明るいが遠方の確認は困難であろう。（真夏の真昼の照度は一〇万ルクス、事務所内の照明は七〇〇～一〇〇〇ルクス程度である）

公転周期（太陽一周）　約二四八年
自転周期　六日半（地球比較）
地　表　地球型惑星で氷と岩石の固体
大　気　希薄メタン
表面温度（℃）　摂氏マイナス二〇〇度で極寒の世界
平均密度（kg／㎥）　一立方メートル当たり二一三〇キロで地球の五分の二の重さ
衛　星　カロン一個

衛星カロン
冥王星からの距離　一万九〇〇〇キロと非常に近い。（地球と月の距離三八万キロ）
直　径　冥王星の半分の一二〇〇キロ（月は三五〇〇キロ）と冥王星と兄妹星の様である

冥王星から見るカロンは、地球から見る月より直径で十数倍程度大きく見える。

自転周期　六日半（地球比較）

公　転　冥王星の自転と同期して六日半

冥王星と接近しており、強い潮汐力が働くためである。

冥王星と同様氷と岩石の固体

国連宇宙軍冥王星地球基地と周辺施設

宇宙軍、公営機関、民間開発社設営状況

国連宇宙軍

宇宙飛行隊　九〇人

軍事観測隊員　一五人

冥王星地球基地公営施設

ＮＡＳＡ連絡所　二人

地質研究所　一〇人

天体測候所　二人
電波測候所　一人
健康管理所　五人
冥王星地球基地周辺民間施設
鉱物資源開発社　二六〇人
水資源開発社　一〇人
建設社　六〇人
建築社　三五人
電力社　二五人
食料・資材調達商社　七〇人
宇宙運輸社　二五人
宇宙通信社　二人
衛生・冠婚葬祭社　一〇人
給食社　一〇人
酸素供給社　一五人

重力サービス社　一〇人
販売店、飲食店　一五人
娯楽社　一五人
赴任家族　一五〇人
滞在人員合計八三七人

国連宇宙軍・冥王星地球基地司令室

基地司令部棟最上階に司令室がある。指令室の窓から見えるのは暗い夜空とまばたきしない星、そして巨大な天体、衛星カロンが太陽の弱い光でクレーターの影をつくり、その影が重量感を演出し、天空に浮かんでいるのが不思議な光景をつくっていた。凍てつく地表には長距離宇宙船一機と国連宇宙軍小型攻撃機が数機、かすかな影を落としていた。室内には鉢植えの緑と水槽の泡の中で泳ぐ熱帯魚がアンバランスながら不思議な美しさをかもし出している。

基地司令官の山田は、宇宙勤務が長く、またも土星基地からの転勤でくさっている。今日も何時ものように木刀をかざし、エイッ、エイッと気合いを入れていた。

「司令、着任早々、宇宙軍司令部の佐藤新天体部長から指令です」

「何が指令だ、何で俺が今ここにいなけりゃならねぇんだ。土星のほうがまだましだったよ。土星から移動は前例なしのひどいやりかただ。おお、タイタンのメリーちゃんよ。愛していたよ」

「タイタン基地のことは早く忘れるんですね。たしか今メリーちゃんとおっしゃいましたね、いい名だ、日本製ですか？」

「いや、中国だ」

「私も中国ですよ、かわいいですよ」

「バカモンそんな事どうでもいい、ところで指令は何だ、早く出してくれ」

「ハッ！　映像がすぐ出ます」

「山田か、司令部の佐藤だ、ばかもん、そこに未確認物体が向かってるぞ、でかいぞ、しっかり見張ってろ。異星人の攻撃だったらどうする。お前の所に衝突だぞ、至急観測データ送れ！」

「ハッ！　観測急ぎます！　おっと、五時間前の声だったな」

「もっともお前の頭のにぶいのはワシのせいだったな。ずいぶんたたいたからな。ハッハッハ」

「畜生め、あの野郎いつも俺に命令しやがる。いいかっこしやがって、ここのデータは地球で自由にコントロール出来るじゃないか、宇宙人とやらにお目にかかりたいね。こんな大金使って基地造って、有史以来宇宙人なんぞ来た例がないじゃんかよ。こんな広い宇宙で地球へ衝突する巨大星なんか何百万年に一度だよ。ちっぽけな天体にいつも右往左往してよ。なぜ俺がやつの命令でやんなきゃなんねえんだよ。なぜおれが今ここで同期生に怒られてんのかよ！　俺は五年も地球を見てねえんだ。毎日が退屈でしょうがないよ。奴には剣道で勝ったことがないのが弱みだがよ」

「人体実験ですよ、隊長は宇宙病にかかったことないでしょう、貴重な資料ですよ、司令の体はね、当分だめですね、あきらめが肝心ですよ」

「バカヤロー！　畜生め！　早く観測始めろ！」

天体観測室

「観測データ方向１６７５３２３、距離約三億キロ、速度、秒速二〇〇〇キロ、球体、物体直径一〇〇〇キロ、基地最接近約四一七時間後、地球時間で一七日で接近します」

「本物か。直径一〇〇〇キロとは大きいな。カロンと同じか。太陽系接近天体では史上最大だな。秒速二〇〇〇キロで、一七日で来るのか、いったい何をすればよいのだ」

「冥王星への最接近距離一万キロ」

「一万キロ先を通過か、近いな。衛星カロンに衝突しないか。どんな星かな、真っ黒い星かな、氷の星かな、早くこの目で見たいな。地球人の遭遇する最大の物体だ。宇宙人が乗っているかも知れないぞ、攻撃してくるかも知れないぞ。ドキドキ興奮するな。しかしでかいな。三億キロとは近いな。地球と太陽往復の距離だ。こいつはいったいどこから来たんだ」

「冥王星と衛星カロンに衝突の心配はありません」

「よし、この星を命名する。モンスタータイソン」

「山田司令、基地隊員に指令ねがいます」

「冥王星防衛軍の諸君へ、基地司令の山田だ、未確認物体接近、俺がモンスタータイソンと名付けた。訓練じゃねえぞ、基地始まって以来の大型お客さんだよ。撃ち落とせる相手じゃねえが、正確な観測結果を地球へ送るのが我々の任務だ。接近したら飛ぶぞ。しっかりやんな」

「太陽系全基地へ連絡発信だ。当面当基地が観測指揮をとる。全基地観測開始せよ。データがほしい。特に冥王星との衝突ありや」

「海王星トリトン基地送信完了。天王星ミランダ基地送信完了。土星レア基地送信完了。木星イオ基地送信完了。火星基地送信完了。地球司令部送信完了。金星基地と水星基地は無人のため発信しません」

「よし、送信見込み時間は？」

「一番近い海王星トリトン基地でも、電波往復だけでも三時間かかりますので、データ分析など含め四時間かかります。地球はその四倍以上かかります」

「もうよい、わかった。通信のスピードは三〇〇〇年前とまったく同じだな、ちっとも進歩がない。テレパシーでも研究しろってんだ。ロケットの方が速くなっちまうぞ」

「電波より速いものはないですからね。仕方ないですよ」

「俺は、一三〇億光年のかなたから、かわいい女性からのラブコールを感じるぞ。俺もテレパシーでOKしてるんだ。はやく会いたいなぁ」

「メリーちゃんよりかわいいですか?」

「どっちとも言えないなぁ……こら! よけいなことをしゃべらせるなよ。観測を継続せよ。目を離すな」

「ハッ、目は離れません」

「お前までバカにすんのか!」

「冗談、冗談ですよ」

国連宇宙軍・海王星トリトン地球基地

《海王星》

太陽系第八惑星海王星
大気中のメタンが赤を吸収するため、かすかに緑がかった青い非固体の球体
直　径　　四万九五〇〇キロ（地球の三・九倍）非固体惑星
公転周期　　約一六五年、自転周期一六時間
太陽からの距離　　四五億キロ（太陽から地球の距離の三〇倍）
大気及び海王星の主な成分　　水素とヘリウム
表面温度（℃）　　摂氏マイナス二二〇度
衛星数　　八個
太陽光は地球の九〇〇分の一

《衛星トリトン》

海王星最大衛星、海王星の自転と反対方向に公転しているため同時に誕生したのではないと言われている。宇宙をさまよっているうち、海王星の重力に拾われた説がある。

海王星の三三万キロ上空を回っている。

直　径　　二七〇〇キロ
氷の火山が活動している。

海王星トリトン地球基地司令室

「司令、冥王星基地から新天体の観測依頼がありました」

「そうか。やっと気がついたか。第一発見は我々だが、彼らは知らないだろう。地球への報告が先だったからなぁ。ハッハッハァ。直ぐ報告してやれ」

「天体タイソンと言っていますが」

「しまった。名付けるのを忘れていた」

国連宇宙軍・天王星ミランダ地球基地

《天王星》
直　径　　五万一八〇〇キロ（地球の四・二倍）、非固体惑星
公転周期　　八四年、自転周期一七時間

太陽からの距離　　二八億七五〇〇キロ（太陽から地球の距離の一九倍）
大気は水素とヘリウム
表面温度（℃）　　摂氏マイナス二一〇度
衛星数　　一五個
太陽光は地球の三七〇分の一

《衛星ミランダ》
　海王星の五番目に大きい衛星
　直　径　　五〇〇キロ
　地形が複雑で、クレーター、みぞやうね、裂け目、断崖などがつらなっている。

天王星ミランダ地球基地司令室

「司令、冥王星基地から新天体の観測依頼がありました」

「何、天体だと。第一発見はどこだ。地球ではないだろうな？　大目玉だぞ」

「海王星です。我々より天体に近いです」

「ホッとしたよ。観測開始」

国連宇宙軍・土星レア地球基地

《土星》

太陽系第六惑星土星

直　径　一二万キロ（地球の約九・四倍）、木星に次ぐ太陽系第二の巨大非固体惑星

公転周期　二九年、自転周期一〇時間

太陽からの距離　一四億三〇〇〇万キロ（太陽から地球の距離の一〇倍）

大気及び土星の成分　水素とヘリウム

表面温度（℃）　摂氏マイナス一八〇度

衛星数　一八個

太陽光は地球の九〇分の一

土星の輪は西暦一六一〇にガリレオによって彼自身の発明した天体望遠鏡によって発見された。輪は無数の微小な粒子が独自の軌道をもって回っている。輪の厚さは最大一キロ程度と極めて薄く、幅は二八万キロに及ぶ。

《衛星レア》

直　径　　一五〇〇キロ
土星第二の氷に覆われた衛星

土星レア地球基地司令室

「司令、冥王星基地から新天体の観測依頼です」

「何、天体だと。第一発見はどこだ」

「海王星です」

「そうか。観測結果を至急報告だ」

冥王星地球基地司令室

「司令、海王星トリトン基地からの観測データが届きました。天王星接近一万キロです。その他は我々の観測結果と同じです」

「司令、天王星ミランダ基地からの観測データが届きました。冥王星接近八〇〇〇キロ」

「司令、土星レア基地からの観測データが届きました。冥王星接近七〇〇〇キロ」

「おい、どうして観測結果がバラバラなのか?」

「ハイ、天体は蛇行しているようです。それしか考えられません」

「何、蛇行だと。そんなことがあるのか?」

「司令、木星イオ基地からの観測データが届きました。内容は殆ど同じではぁないなー、当基地への最接近データが他の観測結果とは違います」

「それは感心だ。観測者は優秀だな」

「冥王星基地、再接近距離ゼロ!」

「何ゼロ! だと、衝突だ。本当か、ああ、木星の指令は珍だな、あいつ脅かしやがって。あいつは、通信訓練が同期だ。どうもうまが合わないやつだ。三〇〇〇年前の日本の中国侵略をいまだに根に持っていやがる。まったくいやな野郎だよ。よし、各惑星へ最接近距離を観測しよう。地球へ衝突ではコトだからな。全基地に指示せよ」

「ハッ、ぐち司令殿」

「何か言ったか?」

「いや、グー司令殿」

「司令、私の観測では木星です。木星衝突です」

「何、衝突だと！　よし、観測継続、全基地からの二次報告待とう」

「司令、海王星トリトン基地からの第二次観測データが届きました。木星へ衝突」

「司令、天王星ミランダ基地からの第二観測データが届きました。木星へ接近一五〇〇キロ」

「司令、土星レア基地からの観測データが届きました。木星接近三〇〇〇キロ」

「司令、木星イオ基地からの観測データが届きました。木星接近五五〇〇キロ」

「どうやら木星に衝突は間違いなさそうだ、ミスター珍に俺からのメッセージを送れ。モンスタータイソンはミスター珍殿が、お好きなようだ。会いたいそうだから迎えの準備されたし」

冥王星地球基地戦闘隊出動

「指令の山田だぁ。俺が戦闘隊長として指揮を取って飛ぶぞぉ！　てがらたてろよお！」

「こちら戦闘隊隊長機、間もなくタイソンと遭遇。冥王星からの距離四五〇〇万キロ、タイソン基地接近五日前」

「全機へ、二〇機横一線編隊、各機一〇キロの間隔でらせん状に一〇周する。高度三〇〇〇、全面偵察せよ。生物反応、人工建造物反応、スイッチオン」
「隊長機！　全機暗視鏡感度アップ！　最高感度！」
「降下調査機は指令あるまで高度三〇〇〇で待機せよ」

「二〇号機、人工建造物反応あり、あっ見えました。巨大なマークのようなものが地表に見えました。標識でしょうか、地表に刻んだように見えます！　飛行場でしょうか、滑走路が見えます！　鳥のような絵が見えます！　大きな鳥に見えます。滑走路の長さ一キロ、鳥の大きさ一三五メートルです。どこかで見たような絵柄です。確かに見覚えがあります。また、鳥の様です。二匹目の鳥です。あっ、虫、クモも見えました。いったい何だこりゃ？」

「隊長機、全機確認せよ、全機映像見えるか」
「三号機、驚きです！　これは地球のナスカの絵です。間違いありません。驚きです！」

「隊長機、二〇号以外機は調査継続せよ。隊長機は確認に向かう」

「こちら隊長機、見えた、間違いない。大ニュースだ。地球よ、見ているか、いや地球へは届いていないな。大ニュースだ。宇宙人は五〇〇〇年前に地球へ来てたんだ。地球で鳥の絵の地表絵を掘ったんだ！ブラジルの謎の遺跡ナスカの絵に間違いない！　……ひょっとすると、俺も宇宙人の子孫かもしれないぞ、俺の知能は人並み外れて高いからな……」

「三号機、たしかナスカはペルーにあります」

「隊長機、そうだった。ナスカのペルーだ！　……あれ？」

「こちら隊長機、降下調査機スタート。俺の兄弟が居るかもしれんぞ。探せ、探してくれ」

「こちら降下調査機、調査ロボット降下します、発射！」

「着地、機外環境調査スタート、生物反応なし、地面温度五〇度？　五〇度です。五〇度です。高いです。大気なし、地表物質玄武岩的物質、放射能等危険反応なし」

「微弱信号キャッチ、信号です！　内容不明！」

「隊長機、本当かぁ！　注意せよ！　注意せよ！」

「こちら降下調査隊機、降下します」

「着地！　機外へ出ます」

「標識らしきもの調査、刃物で削ったものではありません。深さ一メートル、幅一〇メートルくらいあります。彫りは均一です、正確に掘られています。何で削った物でしょうか？　面はつるつるではありませんから刃物で削ったものではないようです」

「こちら隊長機、彫り面を採取できるか、えぐり取ってくれないか」

「隊長機　地面温度再測定せよ。深度一〇メートルまで測定！」

「ハッ、再測定、地面の表面温度五〇度です。間違いありません」

「これより信号発信源へ向かいます。調査模様は映像送信したまま進行します」

「隊長機、警戒せよ、警戒せよ」

「降下調査隊、遠方に点滅する小さい光が見えます。向かいます」

「隊長機、本当か！　待ってましたぁ！　警戒せよ、警戒せよ」

「降下調査隊、発信源到達、手荷物風の箱です。金色の人工物です。生物反応が出ました。箱の中に生き物がいます！」

「隊長機、本当か！　すごいぞ！　宇宙人か？　いやネズミか？　気を付けて持ち帰れ！　これで俺の栄転間違いなしだぁ。お前らにうまいもの食わせてやるぞぉ」

「隊長、何かいいましたぁ」

「いや、なに、その腹減ったので早く帰ってうまいもの食おうってことさぁ」

「隊長ぅ、同感、同感でーす」


「こちら隊長機、基地接近、降下調査隊機離陸準備完了しだい離陸せよ」

「こちら降下調査隊、調査完了離陸します」

「発見物は金属性の箱のみですが、未確認物体収納ボックスへ厳重保管し持ち帰ります」

「こちら隊長機、全機基地へ帰還する。タイソンよサヨナラ。敬礼！」


「こちら基地、基地司令の山田だ。皆ご苦労であった。無事の帰還と観測調査の成功を祝す。世紀の大発見だ。地球も驚くぞ、俺たちはやったぞ。凱旋だ！　……」

「タイソンよサヨーナラ。どこから来たんだねお前は。メッセージは確かに預かった。どこのどんな宇宙人と付き合っていたのかね。俺も生きてるうちにお前の故郷へ行ってみたいものだ。興奮をありがとう！」

「木星イオ基地のミスター珍へ引き継ぐぞ、地球暦・西暦五〇〇一年一二月二八日、天体タイソン、冥王星通過！　タイソンよ。サヨーナラ。サヨーナラ」

「司令、地球司令部の佐藤司令からの通信が入りました」

「何だ、繋げ」

「山田か、佐藤だ、御苦労だった」

「あいつ、初めてほめやがった」

「収集資料をすぐ地球基地へ送れ、急ぎだ！　タイソンの地上測定資料は電送しろ、ボックスは今すぐ地球便を繰り上げて送れ」

「お、俺が行くぞ……」

「言っておくがお前ではないぞ、一番宇宙勤務の長い者に預けよ。八か月で飛べ。以上」

「ムッ、聞こえたのか？」

「アホ！　八か月だと、ロケットがもたねえ！　光子ロケットは故障のままだ。おんぼろロケットしかねえんだ！　バラバラになっちまうよ。宇宙に一番長いのはこの俺だ。そうだ、俺が持って行けばいいんだ。この俺が持っていくぞ。副官、後は頼むぞ。なぁに最後はケンカして退職だ！　もう怖いもんなんかねえぞ。……ハッハッ……ハックショーン！　ちくしょうめ、テレパシーだ、佐藤の奴また俺の悪口言っているぞ」

3　西暦五〇〇〇年・地球と地球圏宇宙

西暦五〇〇一年、地球人口二五億人。

国家は存在しているが、人的交流の国境はなく混血は人類の半数に及び住むところが自らの国であった。

全世界の文化レベルは平均化し、貧しい国などは無く、どこも豊かで文化的で安定した生活があった。

安定した政治、経済、文化は豊かな地球をかたちどり、高度に発達した科学技術は、人類を宇宙へと本格的に進出させた。

その宇宙の豊富な資源によって、ますます高度文明の進展が図られ、今や太陽系宇宙は人類の掌中にあり、地球圏宇宙を形成していた。

しかし、ここに至るまでには、凄まじい地球の歴史があった。

人類は、その知能で豊富な食料を得、有史以来二〇〇〇年の長期に及ぶ爆発的な増殖を続けてきた。

そしてその文明は、食することのみに飽き足らず、より豊かな生活を求め、その欲望は止まるところを知らなかった。

二〇世紀にはその欲望が頂点に達し、地球規模で略奪と殺し合いの争いが起こり、争いの兵器が著しく発達した。

原子爆弾という一発で数十万の殺戮が可能なとてつもなく強力なものも出現した。

当然の結果として人類の大自然淘汰が始まった。

人類は激減したが、勝者もその殺人力におののくとともに己の大きな損失にも気がつき争いから早々と手を引いた。第二次世界大戦の犠牲者は、実に六五〇〇万人に及んだのである。

結果的には、持つ富を減少させたに止まり決定的な淘汰にはならなかった。かえってその争いの技術は、文明の進歩に拍車をかけ、和平共存の声のもとに再び人類の大増殖が始まった。

大増殖した人類は、我先にと富を求めた。

美しい青空のもとでの質素な食事よりも、汚染大気の中でのビフテキを選択したのである。

二〇世紀末には、自然環境の行方が懸念され始めていた。

人類の豊かさは、人間の造った近代科学技術にささえられていた。

豊かさを証明する製造物は、工場における化石燃料の消費にささえられ、そして、豊かな経済の牽引車として車社会が出現した。

車社会が経済の成長を引っ張った。豊かさを引っ張った。人間は車のためなら何でもした。ちょっと道路が渋滞すれば、早速新たな道路をプレゼントした。

有頂天になった車は、次々と欲望を満たし、全世界規模で人類を凌ぐ、大増殖が始まった。化石燃料を、たら腹食った車は、大量の有害物質を排出した。

二酸化炭素（CO_2・炭酸ガス）、硫黄酸化物、窒素酸化物などがそうである。

環境汚染の根本原因は、人口増に伴う化石燃料の大量消費の結果と言えるであろう。

地球に酸素と引き換えに貯蔵していた石油、石炭など化石燃料を安直に大量に、あっと言う間の短時間に使い過ぎたのである。

人類の化石燃料消化により排出される炭素の量は年間六〇億トン、海洋や植物により吸収される炭素は三〇億トン以下である。産業革命以来一七〇〇億トンが地球上に存在するが、毎年三〇億トンが増加しているのである。

二酸化炭素は、室温効果を促し地球の温暖化が促進され、南北極の氷が溶け海面の上昇が懸念されていた。

硫黄酸化物や窒素酸化物は、硫酸塩となり強い酸性雨となって土壌の酸性を促進し、森林の減少が地球規模で拡大していた。

大気中にまきちらされた排気ガスの粒子は、地質を酸性化させるだけに止まらず植物の葉の呼吸口に付着し、光による植物の養分の合成（光合成）を阻害するなど、植物の生存に重大な影響を及ぼし樹木の立ち枯れが顕著になってきた。

石油は燃料消費だけではない、生活必需品も石油製品は増加の一途をたどり、イワシ一匹買ってもラップが惜しげもなく使われている。

貴重な資源をなぜこんなにも急いで使うのか。きっと無くなってしまうまで、争うように使い続けるであろう。人間はなぜこんなにバカなのだろうか。

最大の酸素供給源は熱帯雨林である。その主な消失原因は直接人間の手で行う伐採であった。美味い飯を食うため、貧しい国は森林を売った。

伐採のためにブルドーザーが走りまわり、幼木もなぎ倒し、森林回復力を不能にした。

そして最後は何もかも焼き尽くす焼き畑農法が、森の息の根を止めた。

一九九六年七月二五日、ブラジルのカルドゾ大統領は全世界の強い要望からアマゾンの熱帯雨林を保護するため、高級家具用材マホガニーとラワン材の一種ビロラの伐採を二年間禁止するとともに、アマゾン一〇州の地主に対し、牧場など農地への転換も規制した。今後盗伐を厳しく規制する。としたが、規制の成果は上がらなかった。

植物の光合成は二酸化炭素を吸収して酸素を供給しているが、熱帯雨林は全地球の酸素供給量の五〇%を受け持っていると言われている。

平成七年一〇月一九日の新聞各紙にショッキングな記事が掲載された。

『二〇〇〇メートル級の山で高濃度オゾン』

奥日光・前白根山でこの八月、国立環境研究所は、光化学スモッグの原因物質で環境庁が定める基準を大幅に超える一〇一ｐｐｂの高濃度オゾンを測定した。これは首都圏から風に乗って運ばれてきていることが分かった。

奥日光では現在、約二五〇〇ヘクタールにわたり、樹種、樹齢を問わず、立ち枯れが進んでいる。(二五〇〇ヘクタールは五キロ四方)

高濃度のオゾンは、目や呼吸器に障害をもたらし、葉緑素を破壊して植物を枯らす。また酸性雨の原因ともなる。

また、前橋市の市民グループ「森林（やま）の会」では、平成七年一二月二六日までの調査で、奥日光、丹沢、奥秩父など関東地方で約六五〇〇ヘクタールにわたる大規模な立ち枯れを確認した。立ち枯れは針葉樹や広葉樹の区別がなく、しかも幼樹までが被害を受けているとの報道が地方紙により発表された。

このような記事に驚いてはいけない、地球の地の果て、北極にも一九七〇年代からスモッグが、北ヨーロッパからの気流に乗って運ばれているのである。北極の雪氷も汚れているのだ。もちろん生物もである。

近代科学技術による文明の進展には半導体等ハイテク産業の役割が大きい。半導体はコンピュータや電気通信機器等に利用され進展してきたが、二〇世紀のありとあらゆる文明の機器に使用され莫大な富を生み出していた。

しかしその豊かさの裏には想像を絶する悪魔が潜んでいた。いわゆる半導体製造には欠くことのできないヒ素やふっ酸などの猛毒の産業廃棄物の処理である。驚くなかれ産業廃棄物の処理は命の水である海洋に投棄されていたのである。遅まきながら海洋投棄は廃止されたが、すでに大量に廃棄された有毒物質は海水に薄められはしたが、少しずつではあるがその濃度を増しているのである。

その処理はやっかいこの上なく、処理業者などにまかせきりで処理技術は確立されないまま裏海道をさまよっていた。

やがて、不法投棄が蔓延しジワジワと生物の命を狙い出した。

フロン問題もまったく同様であった。フロンの過剰利用でオゾン層が破壊され、有害紫外線による生物の細胞破壊の危機もやってきたのである。

二〇世紀も終わりに近づいたころ、やっと特定フロンの製造は禁止されたが、代替フロンは継続使用され、オゾンへの影響は弱まりはしたが、依然として破壊が続いているのである。長期間野放しで大気へ投棄してきた量は莫大で、すでにオゾン層の破壊は予想以上に進んでいる。

動物も植物も強力な紫外線の中では生きて行けないのだ。

《オゾン層破壊のメカニズム》

大気に排出されたフロンは、上空二〇キロの成層圏まで上昇し、紫外線を浴びて分解し塩素を発生させる。塩素原子一個は数万個のオゾン分子を破壊する。フロンガスが消滅するにはフロンの種類によって異なるが、五〜一五〇年の期間を要し長期の影響が懸念されている。

全ての地球生物の生息環境は植物にあり、植物の死イコール全生物の死なのである。

地下水、河川、湖沼、海洋もみんな汚染された。

全地球生物にとってもっとも貴重な資源は水であろう。生態系の基本は水である。その命の水が、急速に汚染されているのである。

水資源も鉱物資源と同じように新たに生産はできない資源である。水は地球内のサイクル資源である。蛇口をひねるとジャーと勢いよく出るが、その水は汚れてとても飲料水にならない川などの水を消毒殺菌して利用しているにすぎないのだ。山奥でコンコンと湧き出る水でも元は雨なのだ。雨は主に海水からできた水蒸気である。新たにつくられた水などありはしない。水には人間の放出した汚染物質がサイクル内で進入するのである。

水の汚染濃度の上昇は当然の結果である。

人間にも環境汚染が原因での病気が増加してきた。

日本ではガンが死亡原因の第一位になった。

ガンが発生する要因は、水質汚染、食物汚染、大気汚染などの環境汚染や社会生活環境の激変による精神的ストレス、又それらが要因となって引き起こしている過食などにより、体内に活性酸素（体内に取り込まれた酸素が化学変化を起こし有害酸素となる）が著しく増加しそれが引き金となっているようである。

近年、活性酸素が異常に発生する状態が著しく増加し、正常な細胞内のＤＮＡ（遺伝子）をいじめてその活動を狂わせてしまい、異常細胞（ガン・とめどなく増殖し毒素を排出する）になって人体を食いつくすということだ。

あらゆる動物達が生存するために重要な臓器の代謝、解毒、分泌などの働きが低下し始めているのである。それは一つ一つの細胞の働きが低下したことであり生命力そのものの低下なのである。

花粉症の増加の一途をたどり五人に一人が苦しむという大変な事態を招いたが、大気汚染が原因なのに、これには手も足もでず、花粉の飛来を報道し注意を喚起するなど子供だましのような手しか打てなかった。

花粉は人類出現のはるか前、太古の時代から存在したのだ。花粉は病に侵された体の、発病という引き金を引く悪役を背負っただけなのだ。

アトピー症も増加し人間を苦しめた。治らないのである。現代医学もまったくお手上げである。

動物にも奇病が著しく増加した。イギリスで発生した狂牛病（海綿状脳症）は一九八〇年代半ばから大規模発生し人間にも感染した疑いがある。脳がスポンジ状になって狂ったように苦しんだ後死亡する。病原体はプリオンと呼ばれるタンパク質らしいが感染のメカニズムはいまだわかっていない奇病である。

食肉用家畜の病気による検査不合格食肉は発表されていないが驚くほどの数にのぼると聞いている。大量の抗生物質を与えて飼育して来たが効かなくなったのである。

エイズは環境汚染とは関係ないのであろうか？　疑問である。

大腸菌Ｏ—一五七は、環境汚染とは関係ないのであろうか？　疑問である。

病原菌達は環境に応じて大変身しているのは間違いない事である。


とにかく、原因のわからない病気や分かっていても治らない病気の増加は著しいものがあり、この先を考えると恐ろしい事態がやってくるのではないかと危惧される。

学者たちは、早急に根本的な対策の実施を提案し、幾つかの対策も実施されたが、問題の全面解決にはほど遠いものであった。

舵とり役の政治家達は、己の保身と目先の案件で手いっぱいの状況で、本気になって対策を講じていくことは到底不可能であったし、効果ある施策は無きに等しかった。
また、良識ある一般人たちも、早い対策の必要性は認識していたが、毎日の生活に忙殺されそれどころではなかった。

日本では食品用小型ペットボトルの使用許可が問題になった。自治体などはゴミ処理の経費や環境汚染の問題等で反対したが、自由経済市場が優先され使用が許可された。後者は現在の自由市場の問題、前者は将来の人類、いや、地球生命の大問題が潜んでいるのである。しかし、今現在の問題が勝ったのである。ペットボトルなしでも何不自由なく生活出来るのに、ペットボトルが勝ったのである。これほどまでに人間は悲しいものなのか。

人間達は今に生きている。多くの人間達は今がすべてなのだろう。苦労して働いて金を得て、飯を食って生きているのは今だからである。しかし未来も必ず未来の今が来る。

未来の今のために今が非常に大事なのだ。明るい未来の今を作るため人類は、今、もっともっと問題解決にむけ時間を掛けなければならないはずだ。

しかし、人間たちは地球生物の全ての生命に影響する大問題を先送り先送りしてきたのである。すでに、はっきりとその兆候が現れているのに。

地球の遠い将来を思い、子孫の未来永劫の幸せを願う人類の最も基本的な認識が完全に欠如していた。

一九七二年世界の有識者で構成するローマクラブは世界に向け「成長の限界」を報告し大きな反響を呼んだ。「現在のまま人口増や環境破壊が続けば、資源の枯渇や環境悪化よって一〇〇年以内に人類の成長は限界に達する」。発表以来、改善報告はおこなわれていない。

二〇二〇年における環境破壊の実態と対策

・世界の森林減少の現状（環境省）

世界の森林は今この時点でも減少を続けている。世界の森林面積は約四〇億ヘクタールで陸地面積の三一％を占めている。近年、年間一三〇〇万ヘクタールが失われている。圧倒的に多いのがブラジルで現在国策により農地へ転換している。次はインドネシアで油ヤシ農業への転換政策である。油ヤシからパーム油を製造し菓子類など幅広く使用しており日本の輸入量は多大である。次はナイジリヤ、タンザニアなどアフリカが続いている。近年、温暖化による森林の乾燥化で立ち枯れ・害虫被害など劣化が進んでいるため大規模な森林火災が多発し、オーストラリア、カナダ、アメリカ、ロシアなどの焼失被害が多い。一方、中国は大規模な植林事業が成功し森林が著しく増加している。純消失面積は年間五二〇万ヘクタールで日本の国土面積の一四％（九州・四国相当）が失われたことになる。

・二〇一五年パリ協定　世界の温室効果ガス排出量シェアと温暖化対策目標

中国二三％、米国一四％、ＥＵ一〇％、インド五％、ロシア五％、インドネシア四％、ブラジル三％、日本二・七％（国連環境計画公表二〇一八年温室効果ガス総排出量CO_2換算五五三億トン）

・「パリ協定・温暖化対策の新しい枠組み」（二〇二〇年以降の気候変動問題の国際的枠組み）世界の平均気温上昇を産業革命以前（一八五〇〜一九〇〇）に比べて二度より十分低く保ち、一・五度に抑える努力をする。

・中国　二〇三〇年ころに二酸化炭素排出のピークを達成、同年までに二〇〇五年比でＧＤＰ当たりの二酸化炭素排出を六〇〜六五％削減

・米国　二〇一三年比で二〇二五年までに一八％〜二一％削減

・ＥＵ　二〇一三年比で二〇三〇年までに二四％削減

・日本二〇一三年比で二〇三〇年までに二六％削減

・日本の二〇三〇年電源構成目標

①石炭二二％②天然ガス二二％③再生エネ二〇％④原子力一八％⑤省エネ一七％⑥石油二％

・日本の二〇一七年電源構成

①天然ガス三九％②石炭三五％③再生エネ一六～二〇％④原子力三％（東日本大震災の影響で原子力発電炉五四基中、稼働は五基のみ）

２０２１年3月現在、9基稼働中。２０３０年目標電源構成比率２０～２２％とした。

・世界の環境破壊の現状

『ＩＰＣＣ（気候変動に関する政府間パネル）二〇一三年発表の第五次報告』

一九五カ国が関わって作成し各国政府の承認を取り付ける機構で、二〇〇七年の第四次報告はノーベル賞を受賞した。（以下報告事例）

・世界の平均気温　直近一三〇年間で〇・八度上昇している。
・北半球中緯度の陸域での降水量は一九〇一年以降増加している。
・海洋表層から深層まで海水温が上昇している。（水蒸気量の増加）
・海洋は人為起源の二酸化炭素の約三〇％を吸収し、酸性化を引き起こしている。
・動植物の生息域が北上している。日本沿岸の熱帯・亜熱帯サンゴは二〇四〇年までに消失。
・世界各地の氷は減少し続けている。北半球の積雪面積は減少し続けている。
・永久凍土の温度が上昇している。
（すでに凍土融解により、強力な温室効果ガスのメタンが放出されている）

・二酸化炭素濃度は増え続けている。

・極端な自然現象が増加している。干ばつ、熱帯低気圧、潮位、短時間雨量、猛暑日など。

・国際自然保護連合（ＩＵＣＮ）の提言

国際自然保護連合（ＩＵＣＮ）一九四八年設立・本部スイスのグラン、世界的な自然保護団体で国家、政府機関、ＮＧＯなどが会員。各種保護地域指定、国立公園・天然記念物地域指定管理など行っている。絶滅危惧種「レッドリスト」二〇二〇年発表、世界のこれまで知られている生物種は約二一四万種で絶滅危機は一二万種に及ぶと評価しており、そのうち絶滅危惧種は三万二四四一種（絶滅危機種の二七％）。絶滅危惧生物分類では哺乳類一二九九種、鳥類一四八六種、両生類二二七六種である。

・地球温暖化のメカニズム　太陽熱で地上が温まる→その熱を温室効果ガスが吸収・放射する。

二一世紀後半の世界

二一世紀半ばを過ぎるころには、世界人口は一〇〇億人を突破し頂点に達した。

一〇〇億人の豊かさへの欲望は凄まじいものであった。

蚕が桑の葉を食うように、人間が地球を食らう歯音がバリバリと音をたてていた。

石油資源は当然の結果として枯渇してきたが、代替エネルギーの開発は、膨大な資金を必要とし、遅々として進まなかった。

一〇〇億人の必要エネルギーは、あまりにも莫大であった。

ついに、安直な石油製品のゴミの山に手を付け始め、決定的な環境汚染が始まった。

二一世紀も終わる頃には、豊かさは影をひそめ、その付けが、じわじわと現実のものとなってきた。

まず、それが人間の生理作用に現れだした。

人間の生殖機能の低下が著しくなった。特に男性の精子製造能力の異常が顕著になり、精子奇形又は精子数が大幅に減少したのである。

精液一ミリリットル中の精子量が一〇〇〇万以下の男性が三〇%を記録した。

その内、精子の全くない無精子症の男性が半数に至っている。

普通男性は一回の射精で三～六ミリリットルの精液を放出し、正常男子の場合の精子は精液一ミリリットル中二〇〇〇万から一億五〇〇〇万あり、妊娠可能な精子数は二〇〇〇万以上必要である。

次に、これまで代理出産、体外受精など生殖医療は大きな成果をおさめ、子を持てない夫婦はめったになくなって来たが、密かに優秀な精子を求める女性が増加し、結果として異母兄弟姉妹が結婚するという事態が多発した。

また、子づくりの技術が向上し簡単に子づくりできるようになった。子ほしさから女性の卵子から核を取り除き、そこに別のひとの体細胞から取り出した核を移植して女性の子宮を戻して着床させて誕生させた。核提供者の遺伝子を持つクローン人間である。人身売買が著しく増加した。

自信を喪失した男達は結婚しなくなった。いや女性に近づくことさえ恐れる男性が増加した。

そして、人形の女性に愛を求めた。肉体的にも精神的にも人間の女性とは比較にならぬほど優しかった。決して男性には逆らわず、主人のセットするままに女性の喜びを表現してくれた。

こうして、二二世紀には人間の淘汰がいっきに加速した。

人類生命の危機がじわじわとせまってきたのである。

種の危機は人類のみにとどまらず、地球全体の動物、植物などあらゆる生物に現れだした。

すべての動植物の生命の危機が全く同時に進行していたのである。

温暖化及び濃度を増す酸性雨に、植物はその分布を大きく変えながら抵抗したが、加速する汚染には到底およばなかった。

動物たちは年ごとに絶滅種を記録し、バタバタと地球上から消えていった。

研究者達は、進歩し続けてきたバイオテクノロジー（生命工学）により、回復を試みたが、絶滅の進行を食い止めることは到底できなかった。

二〇世紀後半に出版されたレッドデータブックの絶滅の恐れのある三万種の動植物は、予言どおり次々と地球上からその姿を消していった。

海面は最近の一世紀で三メートル上昇し、多くの都市は次々と撤退を余儀なくされた。

なおも海面は目に見えて上昇を続け、バングラディシュやオランダでは国を維持するのも困難になった。

全世界の難民は一〇億を超えた。

人間は、植物や動物の絶滅を悲しんでいるどころではなかった。
経済活動停滞、政治困憊、食物生産は半減、人間も動物も共食いが始まっていた。
地球の生物にとって人類の誕生は誠に不幸なことであった。
傲り昂る人間は全地球の生物を殺し始めたのである。
人類による地球生物の絶滅期の到来である。

後に人類はこの時代をこう呼んだ。

『汚れた死の世紀』と

「人類の歴史死を振り返ってみれば……」

二五〇〇万年前頃に現れた類人猿は樹上生活を始め、手を使うことにより脳の発達を促しながら進化して行った。五〇〇万年前ごろ東アフリカにおける気候大変動による乾燥化が進み、森の後退が始まり類人猿たちは、森を追い出された。

そしてまた雨期がもどり、森が勢いを盛り返し食物が増え類人猿たちはふたたび森へ戻った。これを繰り返しながら、優秀な種が生き残り、草原での直立歩行の生活を続けながら世界へと勢力を広げていった。

類人猿たちは、石や骨の道具を手で巧みに使い、脳を次第に発達させていった。四〇〇万年前、類人猿の一部はホモ・サピエンス（人類）の道を歩み始めた。そして一〇万年前、氷河時代が始まるころには、現代の人類（ホモ・サピエンス）が一四〇〇ccの脳を持って出現した。


現代、進化しすぎた人類は、自らの手で絶滅の危機を招いたのである。多くの犠牲者を道連れにして。地球全生物にとって、ホモ・サピエンスの出現は不幸なことであった。

西暦五〇〇〇年

そして、五〇世紀今、二五億人類は素晴らしい時代を謳歌していた。

医・食・住（家庭）すべて満ち足りていた。

医療面では、病気は完全征服され、死は体力・精神力で決まり、神が導いた。

人間の平均寿命は、男性一〇〇歳、女性一一〇歳でなお艶のある若々しい顔立ちをし、心身共に若さが溢れていた。八〇歳程度では色恋は現役であった。

食料は、人工による気象コントロールが可能になったことで、安定供給された。

住（家庭）については、労働時間が短縮され、安価な生活費でゆとりある高度な文化生活が保証されていた。

家族は、曾おじいちゃん、曾おばあちゃん、おじいちゃん、おばあちゃん、お父さん、お母さん、子供二人、四世帯家族の楽しい団欒があった。

お父さんの新聞を開く音、お母さんのお料理づくりのトントントンのマナイタの音、子供たちの笑い声がいつも聞こえてきた。

家族みんなが心から愛し合っていた。

そして隣人との心の交流があり、助け合って生きていた。

そして、数少なくなった動物たちを、それはもう大事に、大事に見守っていた。

地球人類の危機を迎えた暗い過去を人々は決して忘れなかった。

人類は再び悪夢を繰り返さないためにこう叫んでいる。

『汚れた死の世紀を忘れるな』と

かつて、地球を悩ませた大気中の二酸化炭素は固形化し、月面処理場に埋めて処理した。酸性化した土壌は、長期の科学療法や自然療法により回復していた。熱帯雨林は乱伐の抑制と計画植林を根気よく続け二〇世紀末のレベルまで回復した。砂漠の緑化も成功し、森林と農場にとって代わり、動物たちの鳴き声が楽しげにこだましている。人類は人工光合成システム技術を得て酸素供給と二酸化炭素廃棄を自在に行っている。極地の氷結が回復し地球気温は、地球の寒暖周期による寒冷化が到来し、二〇世紀の平均気温に回復していた。

海面は下降を続け二〇世紀末の八五％へ回復してきた。

人類の科学技術は飛躍的に進歩し、ついに太陽をも征服した。人類の生活の基盤は、核融合反応によるエネルギーにあった。

五世紀も前に安定度を増した新型核融合技術を手中にしたのである。

核融合炉は、月等から採掘した特殊金属による耐熱技術の開発、制御技術の開発により大型、小型炉が自由に建造できるようになったほか、核融合反応に必要な原子「ヘリウム３」が月の資源として豊富に発掘されたことにより、大きく開発が促進された。

今や人類のエネルギーは核融合反応発電による電気エネルギーが全てであった。

核融合発電所は地球地下と宇宙に、全宇宙基地の地下と宇宙に建設されている。

宇宙核融合反応発電所の電気は無線電磁波電送によって供給されていた。

交通機関は、陸、海、空すべて有線又は無線電磁波電送による電動モータ駆動であり、そこにはクリーンな環境が約束されていた。

太陽系宇宙航行システムは、近距離用の水素ロケットが標準化され、天王星以遠の遠距離は核融合光子ロケットも併用運行されるなど、安易に宇宙旅行を楽しんでいた。

国連宇宙軍は地球及び系内惑星・衛星などに基地を建設し、系外生命体への対応・彗星・隕石からの防衛と宇宙航行や基地・住民の安全を守る警察官の役割も担っている。

太陽系最遠基地の冥王星は、大型長距離普通航路で一年の行程であった。

五〇世紀の宇宙航行システム

宇宙航行は、リニヤ駆動と化学燃料によるロケットで地球圏外へ脱出し、宇宙ステーションで長距離宇宙船へ乗り換えるシステムが開発されていた。

地球圏外脱出と宇宙航行は、ロケット効率の点から、別々の体系づけをしたのである。

1　地球圏外航行システム

《宇宙航行システム》

①　宇宙へのスタートは、高さ一〇キロ、水平部分一〇〇キロにおよぶリニヤ駆動の宇宙船発射台にあった。

リニヤ駆動の発射台で宇宙船を固定し、スタート後水平レール部分で秒速五キロまで加速し、弓なりのレール上を加速しながら上昇、同時にロケット燃料（水素等クリーンエネルギー）に点火し発射台を離れ、目的に応じた宇宙速度を出すシステムである。

地球脱出に膨大なエネルギーを必要としなくなり、ロケット建造に画期的なゆとりができた。

②　化学燃料とロケット技術も飛躍的に進歩し、ロケット推力一基五〇万トン級を開発できた。

二〇世紀の大型ロケット重量は、化学燃料重量が全体の八七％あり、化学燃料を打ち上げているようなものであったが、最新のロケット打ち上げシステムにより、化学燃料重量は三〇％を切っている。

宇宙航行時重力・気圧は地球上と同様な生活空間が維持されている。

2

① 長距離航行（惑星間航行）システム

スペースプレーンで地球引力圏脱出し、月付近に建設した宇宙ステーションで乗り換え目的地へスタートするシステムになっていた。

宇宙船は、燃料やエンジン開発も飛躍的に進歩し、秒速二五〇キロを超えるスピードを誇っていた。やがて来る恒星間旅行時代に向け、核融合反応利用の光子ロケットも開発された。

② 宇宙船は、月面基地で製造され宇宙工場（宇宙ステーション）で組み立てられていた。

③ 宇宙ステーションへの補給は、月面基地があたった。

月面基地は、宇宙飛行の補給基地であり、膨大な建設資金を投入した巨大基地である。

④ 月宇宙ステーションは、太陽系最大の大宇宙基地であり宇宙船工場であった。

宇宙船の中継や工場及び関係事業の人口は二〇万人を超えていた。

⑤ 全惑星に、宇宙基地が建設されていた。

水星、金星は無人基地で木星等ガス型惑星には建設不能のため、惑星をまわる衛星に建設した。

恒星間（銀河）宇宙旅行計画

核融合反応エネルギーを推進エネルギーとした銀河系超大型光子宇宙船の開発は二世紀も前に成功し、銀河系恒星、太陽系に近いうさぎ座ガンマ星の惑星に向けて旅立っていた。

当時は、アメリカの有名な宇宙科学者の、「夢の惑星」の提唱が、大反響を促し、若者たちの熱狂的な宇宙論が爆発し、世界の二〇〇〇人の勇者が、世界の大富豪のスポンサーの建造した宇宙船で旅立っていた。

宇宙船からは、五年間の交信があったが、その後の消息を絶った。

そんな経緯があって、恒星間旅行はすっかり影をひそめてしまった。

最近、恒星間宇宙旅行は、まったく新しい核融合ロケット推進光子ロケットの開発成功により、著しく安定度を増し、飛躍的に進歩した。

核融合ロケット推進は、核融合発電で技術的な問題は十分マスターされており、試作船は成功し、光速の七〇％以上のロケット推進力で宇宙旅行に十分利用できることがわかってきた。

核融合反応炉エンジンは、核融合反応エネルギーの超高温熱光エネルギーを利用した光子ロケットである。光の反射は核融合反応エネルギーによるプラズマ反射を開発し対熱問題を解決した。

暇を持て余す宇宙開発技術者たちは、明確な恒星間宇宙旅行計画のないまま、超大型宇宙船建造の機運が世界的に高まるのをねらって、策をめぐらせていた。

金持ち達は、有り余った資金の投資目標として、恒星間宇宙旅行に注目していた。

そして、宇宙船建造の機運があっと言う間に高まり、早くも世界の有力経済界から超大型宇宙船建造の注文が提案された。注文者は、アメリカ・グループ、ヨーロッパ・グループ及びアジア・グループの三者であった。

建造が決定した恒星間・超大型宇宙船の設計仕様に基づき、全世界のロケットメーカー、核融合炉メーカー、宇宙船体メーカー等数十社のジョイントベンチャーへ設計コンペを実施した。

五グループの応募があり、ユニット別に優秀作品を選りすぐって一本にまとめ、製造に着手したものである。優秀作には破格の賞金が授与された。

発注者は三者合体し、二グループとなり、同船体を二船体製造することで落ち着いた。人類史上最高の建設投資となった。

建造する宇宙船は当面、惑星間の長距離航路へ利用することで落ち着いた。

恒星間・超大型宇宙船基本設計仕様

【恒星間・超大型宇宙船基本設計仕様】

以下に定める恒星間・超大型宇宙船の基本設計仕様に基づき、別に定める期日迄に詳細設計資料一式を提案すること。

1　共通基本仕様

(1)　宇宙船の速度は光速単位を確立すること。

(2)　乗船人員は二万五〇〇〇人を確保すること。

(3)　宇宙船は永久滞在可能であること。

動物・植物の連鎖生体系を確立し、食料、酸素、水資源等完全自給自足が維持できること。

(4)　生命維持システムは多重化すること。

(5)　地球帰還を基本としたシステム構成とすること。
(6)　旅客部は居住空間であり、快適な生活のため地球上同等重力設定のこと。
(7)　異惑星への軟着陸及び脱出可能であること。
(8)　異惑星着地後、永住のための居住基地となり得ること。

2　推進部仕様は次による。
(1)　基幹エンジン部基本仕様
核融合炉による基幹エンジン光子ロケット推進とすること。
・核融合炉部
核融合炉は永久燃焼を維持すること。
核融合炉発電により船内全システムに給電すること。
(2)　補助エンジン部基本仕様
科学燃料による補助エンジンを搭載すること。

3　対宇宙・対地上戦用武器及び防御システムを搭載すること。

4　宇宙船建造基地の指定
宇宙船建造基地は月一〇〇基地（宇宙ステーション）とする。

5　宇宙ステーションの基地警備
国連宇宙軍月面基地に依頼済である。

6　建造工期は一〇年とする。

宇宙船設計コンペの結果、恒星間・超大型宇宙船詳細設計書は次のとおり決定採用された。

恒星間・超大型宇宙船詳細設計書

【恒星間・超大型宇宙船詳細設計書】

以下に定める恒星・超大型宇宙船の詳細設計仕様に基づき、別紙設計図のとおり企画提案申し上げます。

1　共通基本仕様
共通基本仕様に同じ

2　基本構成詳細設計仕様
(1)　宇宙船は異惑星への軟着陸及び異惑星脱出を容易にすることを勘案し、分割可能なユニット型構成（組み立て）とする。
・中心部ユニット・機関部を設置。
・機関部は燃料ユニット、補助ロケットエンジン、核融合炉、同発電部、光子ロケット推進部とする。
・第一ユニット・司令部、各システム管理部を配置。
・第二ユニット・客船部、長期睡眠部、酸素供給部を配置。
・第三ユニット・客船部、水源部を配置、食料貯蔵庫を配置。
・第四ユニット・客船部、工作工場、第一食料工場部を配置。

・第五ユニット、第六ユニット・客船部、第二食料工場部を配置。
・第七ユニット・客船部、牧場部を配置。

(2) 機関部を中心とした各ユニットは、半径五〇〇メートルの位置に配置する。

(3) 機関部上部に第一ユニットを配し、第二ユニット以下向かって時計回りに配置する。

(4) ユニットは平均二〇階層でなり、宇宙船生活をそのまま維持でき、異惑星着地後、永住のための居住基地とする。

(5) 生命維持システム（温度・気密・酸素・他）はＡＩ三重安全装備とする。宇宙船内重力・気圧は地球同等とし快適生活を保障する。

(6) 水供給プラント設置する。

(7) 酸素・水素供給のため人工光合成プラント設置する。

(8) 各ユニットは切り離して、単独航行可能である。

(9) 異惑星大気圏突入に耐える。

(10) 異惑星着地は、各ユニットとも化学燃料ロケットによる軟着陸とする。

(11) 各ユニットは化学燃料ロケットにより異惑星からの脱出可能である。脱出後は再び宇宙で機関部へ接続組み立て復元し帰還宇宙船とする。

(12) 宇宙戦用武器はレーザー砲を主体に装備する。

3　各部詳細設計仕様

(1)　中心部ユニット（機関部）設計仕様

機関部は化学燃料を配置した燃料ユニット、核融合炉・発電部・光子増幅部ユニット、光子ロケット推進ユニットからなり、全長七〇〇〇メートルにおよぶ巨大システムである。

①　燃料部及び補助エンジン

燃料ユニットは全長二〇〇〇メートル、直径五〇〇メートルとする。

補助エンジンは超大型化学燃料ロケット二基を機関部外に着装する。

二基推力四〇万トンを五万時間、安定供給する。

②　核融合反応ロケット

核融合反応ロケットは核融合炉、光子増幅部、光子ロケット推進部から構成される。

・核融合炉部

核融合炉は直径二五〇〇メートルの球体とする。

炉癖は全面プラズマ集光反射面とし、炉燃焼で発する光エネルギーを集光し、増幅部へ送光する。

集光反射エネルギーは、核融合反応エネルギーを利用する。

核融合反応エネルギーは全システムの給電に必要な発電を行う。

核融合反応部の中心核は磁気により中心固定し、全体の熱球はプラズマ集光反射面によるバリヤで包囲安定させる。
・核融合反応の維持のため、水素原子、ヘリウム3を補給する。
機関部最前部の燃料タンクに確保供給する。

③ 光子増幅ユニット兼光子発電ユニット

核融合炉で発生した光エネルギーを一五〇〇倍まで増幅する機能を有する。

増幅と同時に光子発電を行いロケットシステムへ給電する。

④ 光子ロケット推進部

基幹エンジンは光子ロケット推進とする。

光子発射部は直径五〇〇メートルの円形とし、推力一万トンを確保する。

(2) 機関部以外の旅客部のユニット設計仕様。

機関部以外の旅客部のユニット一基あたりの基本仕様。

全長一五〇〇メートル、直径一〇〇メートルとする。

各ユニットの平均構造は二〇階層とする。

各ユニットは化学燃料ロケットを有する。

①　第一ユニット（司令部）
司令部、機関運転部、航行運転部、コンピュータ室、観測部、通信室、各ユニット管理部、長期睡眠管理部、警察、国連宇宙軍。部員構成二〇〇〇人。

②　第二ユニット（客船部、長期睡眠部）
旅客居住空間・娯楽施設等、旅客数五〇〇〇人、長期睡眠部、五年程度の長期睡眠可能、ベッド数二〇〇〇床。

旅客は司令部及び長期睡眠部の補助及びそれ以外の各部を担当する。

③　第三ユニット（客船部、水源部、食料貯蔵部）
水資源完全リサイクル・システム機能、水貯蔵庫設置、食料貯蔵庫設置
旅客数二〇〇〇人。

④　第四ユニット（客船部、工作工場、第一食料工場部）
工作工場。穀物生産工場。旅客数二〇〇〇人。

⑤　第五ユニット・第六ユニット（客船部、第二食料工場部）
穀物、野菜、果実生産工場。旅客数二〇〇〇人と一五〇〇人。

⑥　第七ユニット（客船部、牧場部）

食料として、ブタ、ウシ、ニワトリ、魚類の生産。
愛玩として、イヌ、ネコ、その他のペット類の飼育、生産。
共存動物として、ウマ、シカ、ウサギ等小動物多種、小鳥類の生産。
旅客数五〇〇〇人。

4　重力対策設計仕様
(1)　飛行時、停止時とも重力・気圧を確保し地球と同じ居住空間を設定する。

5　対宇宙・対地上戦用武器及び防御システム設計仕様
(1)　搭載武器設計仕様
①　宇宙戦用長距離レーザー砲を各ユニット前部に装備する。
通常、司令部統制による自動照準発射とする。
司令部統制が不能の場合は各ユニット統制が可能である。
②　各ユニット側面には対戦用自動レーザー銃を装備すること。
レーザー銃は手動発射可能である。
地上戦にも利用可能である。

③　地上戦用レーザー小銃、レーザー短銃を搭載する。

⑵　防御システム設計仕様

①　対レーザー砲攻撃自動回避システムを装備。

②　接近固体自動回避システムを装備。

6　宇宙船建造基地指定

宇宙船建造基地は月一〇〇基（宇宙ステーション）とする。

＊プラズマ＝超高温ガスの原子が電子とイオンに分離した状態

恒星間宇宙旅行募集

恒星間宇宙旅行のため恒星間宇宙旅行企画社が設立された。

さっそく宇宙の旅の企画が世界中でＰＲされ、希望者の募集を開始した。

恒星間宇宙旅行のご案内

西暦五〇〇一年一月一〇日

恒星間宇宙旅行企画社

夢の宇宙、夢の世界へ飛び立ちませんか
美しい緑と水と多様な生き物たちがあなたを待っています
広大な原野、山、森、小川、湖、そして海があなたのものです
宇宙人は我々を招待しています
銀河宇宙時代の幕開けです

(1) 目的地

ウサギ星第一惑星クリヤ（正確にはうさぎ座の恒星ガンマ星を「うさぎ星」と呼称。距離二九光年です）

ウサギ星惑星クリヤは過去三〇〇〇年の観測データから地球に最も近い環境で安全な星です。植物や動物の多種生物の存在が確認されています。

詳細は別添カタログに記載されています。

広大な美しい土地はあなたのものです。

二世紀前に出発した宇宙船レインボー号1号・2号の乗組員は、あなたの到着を首をながくして待っていることでしょう。

(2) 予定滞在期間

五年。ただし将来性があれば、永久滞在の希望者にはその用意があります。

(3)　予定旅行期間　宇宙旅行期間は約一五年を予定しています。ロケットの最高スピードは光速の七七パーセント予定していますので地球時間の約四五パーセントの時間で到着見込みです。

(4)　出発予定期日　五〇〇四年七月

(5)　宇宙船　超大型最新式宇宙船二船へ乗船（宇宙船案内は別紙）宇宙船は超近代的な装備で建造に着手しています。最高速度は光速の八〇％を確保できる最新型の光子ロケットです。

(6)　募集人員　二万六〇〇〇人

(7)　募集年齢　〇才から五〇才、家族の参加を優先させます。

(8)　募集期間　五〇〇一年三月一〇日～五〇〇一年九月一〇日

(9)　募集構成　旅行は社会生活の移動であるため生活に必要な幅広い人間構成をめざします。

学生子供以外は職業に就き生産活動を行います。

①　食料生産部員

・農業

・牧畜業

・漁業
・林業
②　工業生産部員
・機械工業
・土木業
・鉱業
・繊維工業
・食料、飼料、肥料加工業
③　生活部員
・医師、看護婦
・コック、栄養士
・教員、理容士
・生活技術
④　コンピュータ技師
・ハードウエア技師
・ソフトウエア技師

⑤　各分野研究者、教授
⑥　船内放送、船内通信技師
⑦　家庭電気技師
⑧　娯楽関係
⑨　スポーツ
⑩　その他
　特技など

(10)　旅行代金

旅行代金ではなく全額出資資金として登録されます。
出資資金は全額あなたの資産で利子がつきます。

(11)　携帯品

成人一人三〇キロ、一立方メートルまで、一八歳以下一五キロ、六〇立方センチまで、幼児五キロ、四〇立方センチまでとします。厳重チェックがあります。

(12)　船内生活環境

・地球生活の施設は全て完備されています。
・地球生活以上の生活環境を保証します。
老化防止のため一年以上の長期睡眠を各人一回実施します。睡眠は実に快適です。

⒀　個人家族室
ただし二〇歳未満はその限りでありません。
貸与します。電化製品等すべて完備しています。
⒁　惑星生活環境
クリーンな生活環境を保証します。
衣食住娯楽設備等幅広く準備します。
⒂　搭乗員
管理部員、機関員、コンピュータ技師、通信技師、船外宇宙技師、観測技師、衛生管理士、宇宙栄養士、医師、旅客係、警察・国連宇宙軍等一船当たり二〇〇〇人が乗り組みます。
⒃　その他
・船内への凶器、銃器類の持ち込みは出来ません。
刃物の持ち込みは許可が必要です。
・精神的、肉体的チェックは厳重に行います。
・宇宙船には宇宙戦用の武器が搭載されていますが使用することはないと考えています。

募集結果は惨憺たるもので、数百人の応募にとどまった。
企画者はなお強気で、今後も目的達成まで募集を続けると息巻いていた。

月面都市と月面宇宙基地

月面都市は表月面中央左手の直径九〇キロ、深さ三八〇〇メートルのコペルニクス・クレータ外側にあり、二〇〇〇メートル級のクレーター外壁山麓に広がった人口五六〇万人を超える宇宙第一の近代都市である。都市は、建築家たちがデザインを競い、丸いビルや三角ビル、段々畑のようなでかいビルなどが、いろいろな色彩にかざられて、それは正に天国のような都市であった。コペルニクス・クレーター外壁山にある植物園からの夜景は、宇宙随一の一〇〇〇万ドルの美しさを誇り、西暦一九六九年月面調査アポロ計画のアポロ11号ロケットから着陸船イーグルが着陸した「静の海」の着陸記念碑と並んで月旅行者の人気ナンバー1の観光ルートとなっていた。

コペルニクス・クレーターは比較的新しいクレーターで隕石衝突時の放出物が光条に広がり、地質学上の重要な位置でもあり、付近には良質の鉱物資源、水資源が存在している重要ポイントでもあった。

（光条は満月の夜には地球から肉眼で輝いてよく見える）

月の一日（一回転）は地球の二九日と一二時間四二分、夜明けから夕日まで約一五日間である。大気がなく、気圧は一〇億分の一気圧で真空で、重力は地球の六分の一である。

太陽光は真空のため、さえぎるものがなく真昼の温度は百数十℃になり、反対に夜はマイナス二〇〇℃ちかく低下することから、冷暖房には多大の投資がされている。

都市の玄関である宇宙船基地は、巨大なクレーター内に建設され、平坦な着陸地はどこまでも広く、発射場はリニヤ式であったが地球のような巨大なものは必要としなかった。

月面は空気抵抗がまったくなく、重力も地球の六分の一と少ないことから、宇宙船は燃料を使用することなくリニヤ速度で重力を脱出でき、宇宙ステーションへは燃料も必要とせずそのまま到達できた。

月世界のエネルギーは勿論、核融合反応炉発電による電気エネルギーで全てを賄っていた。

月面基地では、恒星間宇宙旅行用の超大型光子ロケット宇宙船建造プロジェクト参加の三万人の宇宙労働者が太陽系各地から集まり活況を呈していた。月面基地から建造ドックの宇宙ステーションへの労働者の運輸や資材、食料などの輸送で賑わっていた。

月面基地産出の食料は、悪天候など存在しないため、強烈な直射日光をコントロールしながら豊富に得られるため、地球では得られない濃淡のある味覚をもった高品質の産物を収穫できることから、太陽系随一の高級商品として定着している。

資源工場では、鉄鉱脈が月全面にはしり良質の鉄や特殊金属が無尽蔵に確保できた。特に核融合反応炉の燃焼に必要なヘリウム３原子が豊富に産出されている。

水は極地の永久影に存在する大量の氷、地下埋蔵氷、岩石を酸素と水素に分解し水生産プラントにより良質の水が量産され、食料工場では、水と岩石と微生物の作用で土に準ずる岩土による準水耕栽培により、穀物、野菜、果物等地球と変わらぬ産物が生産されていた。

豊富な地下資源に恵まれた月面には、大規模製鉄工場が幾つも建造され、地球はじめ太陽系宇宙の鉄の需要を賄っていた。特に超々大型宇宙船の建造は、月資源があったからこそ可能になったものであった。

牧場でも、牛、豚、鶏、水産物が豊富に生産されていた。

これら食料は、宇宙ステーション及び他惑星へも大量に出荷されていた。

恒星間宇宙船建造現場

地球暦・西暦五〇〇一年六月一日。

ここは、月面基地上空の恒星間宇宙船建造現場。

光子ロケットである恒星間超大型宇宙船の建造部分は九五％完成し、核融合炉部の火入れが開始された。

まず、耐熱と集光の役割をもつ外壁部分のプラズマの形成である。（外壁部分は、耐高熱のため物質ではなく、プラズマを利用）

プラズマは、補助エネルギー源である核エネルギーによって超高温に熱せられた特殊ガスが、特殊耐火セラミックのガス放出口から高圧噴射される青白い強力なガスによってかたちづくられていった。

プラズマは、核融合炉が稼働すれば自動的に、核融合エネルギーによって賄われるシステムになっていた。

直径二五〇〇メートルのプラズマの炉壁ができあがった。

炉の中に超高圧特殊ガスが封入され、レーザーにより点火された。点火後炉内は急激に温度を上昇させながら数日で数百万度に到達した。

この時点で水素原子及びヘリウム３原子を徐々に投入し、その量を増加させながら供給していった。

爆発が一段と勢いよくなり、炉内燃焼は発光し輝きを増してきた。

青白いプラズマの炉壁の中で太陽光が輝きだし、ボーッとした薄紫色の光が宇宙の漆黒の背景の中で美しい幻想的な空間をつくりだした。

最終到達温度一〇〇〇万度は数日中に達成できる見通しがついた。

核融合炉の火入れ成功により、発電も開始され宇宙船システム全体へのエネルギー供給が可能となり最後の仕上げが推進された。

後は機器搬入を完成させ試運転を待つこととした。

太陽系外惑星へ永住のための人類大移動は、さながら地方都市をそのまま運搬するに等しいことであった。その運搬手段である恒星間超大型宇宙船は、人類誕生以来その全ての英知がつぎ込まれた人類の最新技術の結晶であった。

4　巨大天体・木星へ接近

国連宇宙軍・木星イオ地球基地

太陽系木星基地　太陽系最大の第四惑星木星、衛星イオ上に西暦三三五〇年初期建設。西暦四五〇〇年現在の大型基地が建設された。

建設目的　地球防衛軍基地兼宇宙戦訓練基地、宇宙観測基地、木星地下資源開発基地、民間宇宙開発基地、ＮＡＳＡ連絡基地。

木星（Ｊｕｐｉｔｅｒ）

オレンジ色の縞模様に輝く太陽系最大の惑星である。

赤道直径　一四万三〇〇〇キロ（地球直径一万二七〇〇キロの一一倍）

体　積　地球の一三〇〇倍である。

質　量　地球を一とした場合三一八である。

太陽系全惑星の三分の二以上の質量を占めている。

内部構造　非固体（液体）でガスに覆われ、最外層は分子状水素とヘリウムの液体混合体、中間層は液体金属、水素、最内層は岩と氷の核である。

中間層は圧力が三〇〇〇万気圧を超え、水素は陽子と電子の液体混合体で金属状である。

表面温度（℃）　マイナス一五〇度。

中心温度（℃）　二万〜三万K（K＝ケルビン温度：温度の始点を絶対温度・摂氏マイナス二七三・一六度とした温度。Kは太陽温度等でも使う）

密度（kg／㎥）　一立方メートル当たり一三三〇キロで地球の二四％の重さ。

太陽からの平均距離　七億八千万キロで太陽・地球間一億五〇〇〇万キロの五倍強の位置にある。

公転周期（太陽一周）　一一年一〇か月。

自転周期　一〇時間と早い。

太陽からの輻射量　地球の二七分の一。

（晴天の真昼の明るさを七万ルクスとして、二七分の一は二六〇〇ルクスとなる。二六〇〇ルクスは精密機械などの組み立て作業照明の明るさであ

る。曇り空の照度である）

大気成分　水素、ヘリウムガスであり化学組成の点で太陽に非常に似ているが、重力自己収縮で核融合反応を起こすほど大きな質量（太陽の一〇〇〇分の一）がなかったため太陽になれなかったのである。

ガス状大気の下の木星本体である液体は、ガス表面から三〇〇〇キロほどのところでゆっくり大気へ変化し、速い自転のため秒速数百メートルの強風が吹き荒れており、その嵐によって幅が数千キロの帯状の雲と渦巻き模様がつくられていると言われている。

大赤斑の長さは長径四万キロに達し、地球三個は優に超える大きさを保ちながら三〇〇年間の長期に亘り観測され続けている。

衛星数　四つの大きな衛星（西暦一六一〇年ガリレオが発見観測したのでガリレオ衛星と呼ぶ、その一つ、エウロパには水があり、生命が存在する可能性があるとされている）と、他一二個の衛星を持っている。

衛星イオ

・直径三六〇〇キロ（月とほぼ同じ大きさ）

木星衛星のうち四番目の大きさで、内側から一番目の軌道（木星から三五万キロ）を公転約四二時間で廻っている。

月が常に同じ面を地球に見せているのと同じ様に、木星に常に同じ面を見せている。

・西暦一九七七年九月五日アメリカが打ち上げた惑星探査機ボイジャー10号により西暦一九七九年七月木星に接近し衛星イオに火山活動のあることを発見した。太陽系天体では地球とイオのみが火山活動を有している。

火山は強大な木星の重力（引力）によって、内部ひずみのため熱エネルギーが噴出しているものである。

・しかしその火山活動により噴煙は地球のマグマ噴煙と異なり、青白い二酸化硫黄の噴煙を高度三〇〇キロに達するほど吹き上げ、噴出物は五〇〇キロ四方に傘状となって落下している。

・西暦二〇〇〇年頃の発見当時は火山数九個の活発な火山活動があり硫黄の海におおわれ基地の建設できる状態ではなかったが、数百年前頃から急速に火山活動が弱まり基地の建設が可能となった。地表はケイ酸塩の地殻（岩石質）と硫黄の溶岩が分布しており、安定した岩盤が数百キロに広がる地盤へ基地が建設された。

イオは太陽系衛星のなかで火山活動がある等際立った衛星であるため、木星の衛星群のなかで一番大きな衛星ガニメデ基地から移転したものである。

軍、公営機関、民間会社の建設状況

国連宇宙軍

宇宙軍飛行隊	四五〇人
軍事観測隊員	二五人

木星イオ地球基地公営施設

NASA連絡所	五人
地質研究所	五〇人
天体観測所	五人
電波測候所	二人
健康管理研究所	二〇人

木星イオ地球基地周辺民間施設

鉱物資源開発社	二一〇人
水資源開発社	五〇人

電力社　五〇人
鉄鋼社　五三〇人
建設社　四五〇人
建築社　三五〇人
エネルギー社　七〇人
酸素供給社　五〇人
食料・資材調達商社　二三〇人
農牧場　一〇〇人
宇宙運輸社　一二〇人
宇宙通信社　二〇人
衛生社　一一〇人
給食社　八〇人
宇宙旅行社　二三〇人
ホテル一〇棟従業員　五〇〇人
　客室一五〇〇、最大収容客数五〇〇〇人
デパート・販売店　一五〇人

宇宙病院	一二〇人
重力サービス社	一五人
機器、通信端末サービス社	一二〇人
宇宙環境整備社	一二〇人
飲食店	三〇〇人
娯楽社	一八〇人
冠婚葬祭社	一〇人
従業員家族	三五〇人
滞在人員合計	五〇五二人
最大宿泊人員	五〇〇〇人
最大人員合計	一〇〇五二人

衛星イオ都市

木星は巨大でオレンジ色の美しい顔を持ち、衛星イオ都市からの眺望は、その巨大さとオレンジ色の縞模様の異様な美しさにただ圧倒されずにはいられない。

そして衛星イオの火山活動は神秘的に美しく宇宙誕生の謎を秘めた不思議な魅力があることから、太陽系惑星の中では旅行客も多く月面、火星に次ぐ賑わいを見せている。

また、地球にない軽くて強い金属を豊富に産出し、近代的な大型鉄鉱社で粗製された鉄鋼が、毎週、大型貨物船で地球や月面基地、各惑星基地に向けて出荷されている。

民間施設も年々拡張され、建設社も大忙しで、ロボット化できない繊細な建築加工技術者の出稼ぎでその需要を賄っている。

人が集まり景気のよい労働者向けに、娯楽性はいかがわしいサービスで賃金を巻き上げ大儲けをしている。

イオ地球基地司令室

地球暦・西暦五〇〇一年一一月二八日、木星イオ地球基地司令室
カーテンを外したガラス張りの基地司令室では、満天に木星縞模様が覆い、反対側のガラス窓には、隣の衛星エウロパ（イオより一回り小さい）が筋模様を見せている。
薄暗い基地では、時折パッ、パッと小型船の発射する閃光が走り、地上では建設機械がライトを点けゾウリ虫のように這い回っている。
また、遠くには不思議な火山が青白いガスを三〇〇キロの上空まで傘のように吹き上げ、オレンジ色

の広大な背景に美しく輝いていた。

壁には、中国桂林の山水墨画が掛かり、飾り棚には麻雀牌が使われた様子もなくセロハン包装の中から万の字を覗かせていた。


毛司令官は何時ものようにスローモーションで太極拳を楽しんでいた。

「毛司令、モンスタータイソンが只今冥王星を通過しました。観測指揮は珍司令に委譲されました」

「そうか、衝突しなかったのね、山田のやつ、命助かったね。ハッ、ハッハッハ……」

「あと二九七日で木星接近します。今後スピードを増すでしょうからもっと早いと思われます。どうしますか？」

「どうするかそんな事わかるはずないでしょ。この星は大丈夫かね、この基地は、いや我々は大丈夫かね？」

「しっかりした判定はできません。スピードの変化がまだ不明です。木星への衝突の確率は高いです」

「木星は大丈夫かね。二〇世紀末の彗星衝突とはちとスケールが違うぞ。彗星の大きさはほんの数キロだったし、こんどのお客は一〇〇〇キロだぞ」

「司令、木星はでっかいですよ、太陽になりそこなった星ですからね。ざっと一四三対一ですよ、比較にならないですよ、木星は微動だにしないでしょうね」

「君、一四三対一とは直径のことだろ、わからんぞそんな単純なものじゃないだろう！　中国だって一発ですっ飛んでしまうんじゃないかな。とにかく観測継続、詳細に観測するほかないね。おわかりですね。各基地からの情報収集が大事だね。おわかりですね」

「ハイ、脱出の準備もしておきましょう。大型機が必要になりますね。旅行客は受け入れ中止ですね。民間人にはお知らせしておきましょうか？」

「いや、ここへの衝突が避けられれば見物客は増加するかも知れませんぞ。オレンジ色の巨大星に未知の星の衝突、何万年に一つもない世紀の宇宙ショーが見られるのだからな。ここは特等席だ。みなに知らせるのはまだ間があるさ」

「旅行社とホテルは大儲け確実ってとこですか。旅行社の支店長におごらせましょう」

「それはいい、娯楽社に予約とっておくかね。おもろいことしましょ。ウッヒッヒ……」

異星人メッセージ

地球暦・西暦五〇〇二年八月三一日

モンスタータイソンから異星人のメッセージが厳重保管のもとに地球に到着した。

国連宇宙軍を中心とした世界の頭脳が結集した研究班が組織され到着を待っていた。

人類が初めて経験する異星人からのメッセージである。

平和のメッセージか、人類にとって破壊的なメッセージか、いや人類の破滅に繋がるものか、世界中が固唾をのんで見守っていた。

国連宇宙開発局本部（通称ＮＡＳＡ）・国連宇宙軍アメリカ中央基地内

国連宇宙開発局本部は、国連宇宙軍アメリカ中央基地内にある。基地の前身は西暦一九五八年一〇月アメリカ連邦政府の一機関として創設されたＮＡＳＡを継承し国連宇宙開発局となったものであるが通称ＮＡＳＡの名は名誉称号として残されていた。ＮＡＳＡ創設一一年後の一九六九年七月二〇日、アポロ11号が人類として初めて月面に足を下ろし、アームストロング船長による「一人の人間にとっては小さな一歩だが、人類にとっては偉大な一歩である」という歴史的な言葉を残したが、それから三〇〇〇年、ＮＡＳＡの基地は現在も地球最大の宇宙船基地として、大宇宙開発のメッカとして、国連宇宙軍基地として、民間宇宙旅行基地としてその揺るぎない役割を担っている。

基地には、国連宇宙開発局宇宙船、国連宇宙軍の軍用船及び各国宇宙旅行社所有の大型・中型・小型の客船及び貨物船が毎日百数十機打ち上げられ、スペースステーションへ、あるいは月基地へ、各惑星基地へと発着している。

基地の運営には国連宇宙軍があたっている。

ジョンソン国連宇宙開発局（NASA）長官室

「長官、モンスタータイソンからの収集物が冥王星から国連宇宙軍によってとどきました。特別研究室へ参りましょう」

「そうか待っていた。すごい報道陣だな」

「ハッ、世界全体が注目しています。ではご案内いたします」

ジョンソン長官は屋上の電動エアプレーンへ乗り込んだ。

未確認物体特別研究所

コロラド山中、未知の物体の研究分析とあって、地下一〇〇〇メートルの地震研究室が急遽改築され、NASA未確認物体特別研究室が設置された。

研究所ミーティングルーム

「ジョンソンです。皆さん特別研究班への参加有り難うございます。おめでとうと言うかあるいはお気の毒にと言うか、（笑い）勇気ある参加と言うか、とにかく優秀な諸君の参加ありがとう。諸君を推薦したのは宇宙科学研究所長のウイルソン博士だ、彼のもとに一致協力して未知の物体の究明を一日も早く完成させてください。全地球人が首を長くして待っています。この特別研究班には国連宇宙軍の支援をうけていますが一体となって調査研究するようにお願いしたい」

ジョンソン長官は、懇願するように依頼した。

「ウイルソンです。さっそく班編成を発表する。異星人メッセージ班ブラウン博士以下一〇名、班員は班長から指名します。タイソンの岩石及びメッセージの物体分析班長ガンジー博士以下五名、タイソン上での調査資料の分析班長はドゴール博士以下三名です。以上三班編成とします。各班のメンバーは班長から発表するが、その前に私の助手の、山本君とキム君の二人を紹介します。何でも頼んでくれ、役に立つはずだ。専攻は宇宙工学で次代を背負う有望な宇宙学者の卵だ」

「山本です」

「キムですよろしく」

「各班メンバーが決まったが何か質問は？」

「メッセージ分析班のニコルスキーですが、メッセージボックスの解錠は圏外にした方がよろしいと思います。勿論無人です」

「全てまかせる。予算は青天井だ。好きなだけ使え。それから調査分析は何処の研究機関を使ってもかまわん、ここにいる二一名が何をしても一向にかまわん、太陽系ネットワークの全てを使い協力を求めよ、必ずイエスの返事がくるように手は打つ、それが長官の役割だ」

「班長のニコルだ、ボックスはここで俺がこの手で開く」

「僕も立ち会います」

「わたしもよ」

「いや、責任者所長としてノーだ、危険がある。地球圏外で無人ロボットで開けよう」

「いえ、僕は宇宙人の良心を信じます。僕のこの手で開けます」

「わたしもよ、信じるわ。ロマンチックね」

「よし、地球圏外で三人で開けてきたまえ、幸運を祈ろう。宇宙ステーションまでは特別機を用意しよう。スペースステーションＲＢ３２３号には私の小型研究船ＥＴ３３２があるからそれを利用したまえ、何でも揃っていて便利だ。責任者はニコル教授だ」

「ニコルが責任を持ってやりとげます」

「今日中に戻ってきたまえ。時間は十分だ」

「えっ、何だ日帰り旅行なの？」思わず山本がぐちった。

「旅行ではない！　人類の新たな挑戦が始まろうとしているのがわからんか！」

若い二人は首をすぼめた。

「全スタッフ諸君、所長命令だ。調査期間は一か月以内だ、早いほどいい」と語気を強くして指示した。

国連宇宙軍ケネディ宇宙センター・小型スペースプレーン発着場

発射場には、小型スペースプレーン特別機が待機し、搭乗客を待っていた。

もちろん、スペースプレーンは宇宙往復可能で、切り捨て型のロケットエンジンではなかった。

遠くで木星行きの、大型宇宙船が次の発射の準備を整えていた。

宇宙服につつまれた宇宙への旅は遠い昔の話で、今では服装は自由であった。

「機長のサムです。よろしく」機長は三人の気持ちをほぐすようににこやかに応対した。

「ＮＡＳＡの責任者のニコルです。班員の山本君とキム君です」

「山本です。よろしく」

「キムです。よろしく」

三人は、機長のサムの案内により予定どおり船上の人となった。


「わたし、地球飛び出すの初めてよ。ドキドキ、乗客三人なんてもったいないなぁ」

「三人ではないよ、大事なものが乗ってるよ。ところで山本君は何度目かね？」

「実は、僕も初めてなんだ」

「まぁ、経験者みたいな顔しちゃってさ」

「経験者みたいな顔ってどんな顔だよ。こんな顔か！」と、おどけて見せた。

「そう言えば顔が少し青いわよ。いくじなし」

「よさないかね、さあスタートだ、ベルトよいかね」

(アナウンス)発射します、シートベルト確認ねがいます。

リニヤ発射台は、音もなく、滑るようにスタートした。加速に伴う重力で顔がひきつれて、なんともお気の毒な顔になった。

やがて上昇カーブにはいり、ロケットが点火され、一段と加速され、より以上の重力が加わった。

とうに秒速五キロ（時速一万八〇〇〇キロ）を超えているが、機体を伝わってくる微かな振動が体に伝わってきた。打ち上げ後一五分もすると時速三万キロ（秒速八・三キロ）、高度四〇〇キロの地球を回る軌道に入った。

重力に逆らった二人は、しかめっつらをしていたが、ふあっと楽になった。汗を握った手が、腕が、頭が、足が、力を失ったように重力から解放された。

「やっと目的地まで来ましたか？　ちょっと苦しい旅行だったなぁ」

「ほんとよ、少しね」

「おいおい、君達、打ち上げ後まだ二〇分しか経過してないよ」

「なんだ、もう着いたの、つまんない旅行だなぁ」

「ほんとよ、つまんない」

「おい、おい、これは旅行じゃないよ」

「あっそうだった」ぺろっと舌を出した。

同時に、「あっそうでしたわ」

「じゃね、地球一周の旅をプレゼントしよう」

「やったぁ！」「やっほう！」

「窓を見たまえ、地球がよく見えるよ」

「うわあ！　……」

「きれい！　……」

青い地球と白い雲が、なんとも言い様のない美しさで眼下に広がっていた。

一周一時間三〇分ほどのスピード旅行であった。

あっと言う間に、目的の小型宇宙ステーションの着船点に、吸い寄せられるようにピタリと着船した。

若い二人は、初めて見る宙に浮く宇宙ステーションの姿に、何とも言えぬ感動を覚えた。

二人は、どうしてぇ！　と叫びたい気持ちをおさえた。

宇宙ステーションは、誰の出迎えもなく、何の音もしない静粛な世界であった。三人の呼吸の音が耳ざわりであった。

三人は、着座のまま、気密室とともに宇宙ステーションへ導かれた。

スペースプレーン特別機は、宇宙ステーションを離れ待機した。

メッセージボックス解錠

スペースステーションＲＢ３２３号内

太陽光で十分明るかったが、入室と同時にパッと照明が点灯した。

シートベルトを外した三人は、中央にある作業台にボックスを置いた。

念のため、宇宙服を着用して作業に入った。

現実に戻った三人は、もう宇宙に居ることなど頭にはなかった。

三人に一種の緊張が走った。

「さあ、開けるぞ」と、山本が叫んだ。

ボックスを封印していた金属製のベルトを金属用鋏で、パチンと切断した。

「切れた！」と思わず三人は叫んでしまった。

切断と同時に、突起物がボックスから飛び出した。

「これ、押すのかな？」

二人は、コクリとうなずいた。

静けさの中で、鼓動だけがドキッ、ドキッと自分の耳に鳴った。

突起物を押すと同時に、バキッとにぶい音とともに開いた。

開くと同時にパッと閃光がはしったような錯覚を感じた。

三人は息をのんだ……。じっと見つめてから。

三人は、お互いの顔を見合うと同時に、「これは……」

絵には、金色に輝く一枚の絵を刻んだ板がはっきりと映った。

三人の網膜には、地球人の二人の男女の裸体があった。その他の絵も刻まれていた。

それは明らかに、ずーっと、ずーっと昔に、地球から宇宙人に宛てたメッセージ第一号の金の手紙であった。

「どうしてこれが!……」

この場面は、地球の未確認物体特別研究室でも、NASA（米航空宇宙局）長官室でも同時放映されていた。どこもみな同じ驚きがあった。感激の一瞬であった。いっときの虚脱感がジーンと流れた。涙を流す者もいる。

西暦一九七二年三月二日木星探査衛星パイオニア10号は打ち上げられ、宇宙人へのメッセージを抱き永遠の宇宙へ旅立ったが、地球人の意思がみごとに宇宙人に伝達されていたのである。

感激の後には、どんな宇宙人、どこの宇宙人との思いが襲ってきた。

次のステップ、宇宙人からのメッセージは？

山本は、つづいて恐る恐る金色の板を、静かに、そおっと持ち上げた。

その下には、同じ大きさの金属板が固定されていた。そして彫刻がされていた。地球からのメッセージと同じように天体図があった。地球人らしき姿や動物らしい姿があり文字らしきものも細かく刻まれていた。

しかし、彫刻に宇宙人らしい姿は見られなかった。

三人はがっかりしたが、気を持ちなおして言った。

「これはきっと宇宙人の住む星の位置ではないかな？」

彫刻された文字板を取り上げた。

その下に、四〇センチ四方の四角い金属性の箱があった。何も書かれていなかった。

蓋には鍵はなかった。止め金を外して躊躇することなく、蓋を開けた。

ギクッ！　と驚き、目を見はった。

小さな生き物が、ガラスの下で眠っていた。

三人は、ひと目で生き物と判断した。

「い、異星人だ！」

「いや、異星の動物だ」

地球外生命との人類初対面である。

体型はコアラ、体毛は短い銀、目は閉じているが大きい、手の指はしっかり握りしめていた。目のくりくりした活発な愛くるしい小動物が想定できた。

お互いに顔を見合わせ、「生きているかな？」とつぶやいた。呼吸はしていない様子であったが、生物反応データは生存を示していた。

「かわいいわ！」キムが女性らしくつぶやいた。

蓋の裏側には、細かい文字がぎっしり刻まれていた。

「そのまま、地球へ持ってきてくれ」地球からの指示があった。

興奮につつまれた宇宙での作業は終わった。


「班長のブラウンだ、御苦労だった」テレビ電話から興奮さめやらぬ声がした。

「至急帰還せよ、こちらは調査を開始した、現物を持参せよ」

「異星人からのメッセージは絶対落とすなよ、しっかり頼むぞ。キム君、かわいい動物の名を君に名付けてもらうよ」

「うわぁー、うれしい、『ポーニャ』よ、『ポーニャ』ね」

「もう名付けたの、『ポーニャ』か、いい名だ」

「いい名でしょ、わたしが子供のころかわいがっていた猫の名よ」

「『ポーニャ』いい名だ。ワッハッハ……」宇宙と地球で同時に笑った。

三人は、異星人からのメッセージをしっかり持って帰途についた。

八か月前の国連宇宙軍宇宙科学研究所

地球暦・西暦五〇〇一年一二月二八日
冥王星から「タイソンの地上観測データ」が受信された。
研究プロジェクトが組織され、データ分析が行われたが、かずかずのデータ中、注目されたデータがあった。それは、地表の温度摂氏五〇度、地表から一〇メートルの深度の温度が摂氏プラス三五〇〇度の測定結果だった。
研究者達は一様に測定データの誤りである、と結論付けようとしたが、一人の研究者からこれは誤りではない。中心核温度数万度いや、数百万度以上の超高温物体であるとの発表があった。

そして、この物体が木星に衝突し、そのときの衝突エネルギーと超高温物体との摩擦エネルギーにより、木星の水素原子及びヘリウムに核融合が誘発されるかも知れないとの意見が提出されたのである。データを誤りだと主張した研究者達も、あまりにも衝撃的な意見に、その可能性の確率を考えはじめてしまった。

この研究結果は、ＮＡＳＡジョンソン長官へ報告されたが、長官は胸に止めてしまったのである。

メッセージの公表

地球暦・西暦五〇〇二年九月二〇日、未確認物体特別研究室

ＮＡＳＡ特別研究班から研究調査結果が報道発表された。メッセージ分析班ブラウン博士により発表された。

「皆様、人類史上初めて異星人からの英文のメッセージが届きました」

記者団からウオーと歓声が上がった。

「エー、英文でねぇ」

「少し長くなりますがご説明申し上げますのでよろしくお願いします」

「何か、資料、書いたものないですか」

「はい、後ほど配布しますが、とりあえずパネルを使って口頭でご説明申し上げます。メッセージ発信元の地球外生命体は距離二九光年に位置する、うさぎ座の恒星ガンマ星を周る惑星からのものです。驚きです！　この星は現在、民間企画で恒星間宇宙旅行を計画している、うさぎ座の恒星ガンマ星の惑星クリアの兄妹星であります。この星は西暦二〇二〇年にアメリカＮＡＳＡによって発見された地球によく似た系外惑星として探査対象としてきた天体でもあります」

「そんな前から探査していて、交信はなかったのですか」

「交信はあったかもしれませんが、送受信に五八年もかかるわけですから—」

「わかった、わかったですよ。先へ進めてください」

「続けます。太陽にあたる恒星ガンマ星は愛称うさぎ星と呼んでいますが、距離二九光年の位置にあります。我が太陽の一・一倍の大きさで表面温度も五％程度高い六四〇〇度でほぼ太陽と同じです。そして二つの惑星を従えています。太陽から二番目の星が発信元の惑星です。グレートと名付けました。第一惑星より三〇〇〇万キロ外側に位置します。グレートと名付けましたが、大きさは地球の一・二倍で気温はやや寒冷で酸素が若干高めで地球環境と相違します。もう一つの第一惑星は太陽から一億七〇〇〇万キロの位置にある惑星でクリヤと名付けております。酸素濃度、気温、など地球と全く同様です。

この星は二〇〇年前恒星間旅行で企画し、出発した惑星クリヤです。この惑星へどうぞおいで下さいと案内されたわけであります。二〇〇年前目指した目的地、この度の旅行目的地、宇宙人から案内の惑星と、すべて同一の惑星であります」

「えらい！　目的地は一貫して間違いなかったわけですね。しかし、その星まで行きつくのかね」

「ロケットの技術も著しく向上していまして、光速に近づいておりますので一五年が必要と思われます」

「一五年の旅じゃ行く人いないだろう」

「冒険心のあるお人なら行くのではないでしょうか」

「この第一惑星にぜひおいで下さいとのメッセージであります。タイソンによる動物の届け物や製品の製造方法、地球の見識など地球人とは比較にならないほどの高度文明を持つ地球外生命体であることは疑う余地がありません。人類が初めて遭遇する生命体が紳士的であるのは幸運としか言いようがありません」

「紳士的かどうかわからんだろう。騙されていないかね？」

「それは、なんとも」

「地球侵略ではないと言い切れるのかね、地球はいちコロだぞ」

「侵略だったら地球は乗っ取られているかもしれませんがこうして健在です。現在太陽系には系外物体の所在はまったく見あたりません」

「戦ったら負けるのかね」

「地球には対戦する軍備はありますので、相手が軍事行動に出れば、そうなれば戦うのみです」

(しばし、ざわめき)

「いかん、いかん、戦争は破滅だ。平和を望むよ。ところでなぜ英文を」

「地球を勉強したのでしょう。高度文明です。推測していただきます」

「平和的な質問です。ところでクリヤの一年は何年ですか、それと四季はありますか」

「一年は四百日です。地球と同様、自転軸が二〇パーセントほど傾いていますので、四季のある地域があると思われます」

「とすると、一か月長生きできますね、カレンダーどうします」笑い。

「肝心な異星人はどんな顔かたちですか、美人はいますかね」

「美人だったら結婚するつもりかね」(ヤジと笑い)

「身長は我々と同様ですが、顔かたち残念ながらわかっていません」

「それがわからんじゃ、話にならんだろうよ」

「カンマ星だの、うさぎ座の、うさぎ星だの、どうも、ややこしくて困る」

「うさぎ星と言ってもピンときませんなぁ、見たわけでもないしねぇ」

「いや、ウサギ星は皆さん見えていますよ。うさぎ座のガンマ星、ウサギの後ろ脚の先端にある四等星ですよ。冬の南中三五度付近の夜空に見えます。冬の大三角形、下側の一等星シリウスのすぐ隣に位置しています。四等星の光ですから肉眼で確認できます。どうぞ是非見てください」

「えっ、見えるんですか？　意外に近いじゃないですかぁ。」

「というと、向こうからも地球がみえるということですよねぇ」

「そうですね、太陽は同じ大きさですから、四等星に見えるでしょう」

「しかし、見えてる星がなぜそんなに遠いのかねぇ。宇宙はわからんねぇ」

「よく見えるとはねぇ、雲やゴミやほこりはないのかねぇ、宇宙はわからんねぇ」

(しばし、ざわめき)

「クリヤの動物や植物はどんなものですか」

「送られた動物は紹介していますが、それが生きているということは豊かな自然が推測できます」

「恐竜やライオンなどの猛獣は居ないですか。食われちゃかないませんからねぇ」笑い。

「それは紹介されていませんが、猛獣は地球にも居ますが共存しているでしょう」

「宇宙船レインボー号は、なぜ確信のないまま出発したのですか？」

「二世紀前の宇宙船レインボー号の記録でも、豊かな自然を持つ惑星の存在を確信していましたからね。ただレインボー号の通信がなんらかの理由で途絶えたことが宇宙船レインボー号の悲劇の旅立ちとされてしまいました。帰ってこられないなんらかの理由があったと思われます」

「地球人は生存しているんですか？」

「そう確信しています。きっと生きています」


「天体タイソンに刻まれたナスカの地上絵について説明していただきたい」

「ナスカの地上絵と同様な絵がなぜ刻まれていたかは、地球人に対してこの天体はメッセージをお届けしますというわば切手のようなものでしょう」

「そんなことではなく、なぜ五〇〇〇年も前から地球に存在するナスカの彫刻があったのかについてお聞きしたいのです」

「わかりました。ひとつ紀元前に異星人が地球に来て、ナスカ地域に着陸して彫刻をしたのではないかという説は事実ではなかろうかということ。ひとつは、異星人が宇宙船レインボー号へ乗った人からの情報により得たナスカの絵を利用したとも考えられます」

「情報を得たとはどんなことですか？」

「それは異星人と地球人の交流により得た情報、つまり地球人との対話とか地球人の雑誌などから得た情報でそれを使ったのではなかろうかということです」

「宇宙船レインボー号乗り組んだ人類が生存し異星人と遭遇していると考えているのですね」

「そのような可能性は十分にあると考えられます」

「根拠はあるのですか？」

「いや、そのようなことも十分あり得るという程度です」

「ふたつのうちどちらの可能性が強いですか？」

「それはどちらとも言えません、両者とも十分可能性があります」

「現在も異星人は太陽系に来ているのですか？」

「西暦四〇〇〇年ころまでは、来ていたような記録が残っていますが現在は来ている形跡はまったくありません」

「どうしてですか？」

「それは、地球文明が高度に発達し、宇宙へ飛び出すことが多くなったためではないかと推測しています」

「三〇〇〇年前に宇宙に向けて打ち上げた地球から宇宙へのメッセージが送られて来たようですがそれ

はどうしてですか？」

「現物は複製品です。異星人が入手し、同封されたということです。金属は地球のものと変わらない物質でできています」

「どうして異星人の手に渡ったのでしょうか？」

「宇宙をさまよっていたものを偶然にキャッチしたものか、あるいは他の情報で知り得たとかでしょうね」

「現在、恒星間超大型宇宙船の建造が進められていますが、恒星への宇宙旅行がより近づいたということになりますか？」

「あれは民間プロジェクトですから、我々のとやかく言う事ではありません。ＮＡＳＡと国連宇宙軍が指導にあたっています」

「他に質問はありませんか。それではすばらしいものをお目にかけましょう。ミス・キム」

キムは「ポーニャ」を肩に、記者団の前に現れた。

記者団は珍しい動物をしばらく凝視した。

誰かが、「こ、これは、宇宙の生物か？」の質問に、オーッと記者団はざわめいた。

キムは「ポーニャです」と言って人類にとって初めての異星生物を紹介した。

「ポーニャ」は記者団のフラッシュに驚き、愛くるしくキムの豊かな胸に顔を埋めた。

『ポーニャ』について、全てを語ってください」記者団のメモを持つ手が緊張した。

所長は、驚いたかと言わんばかりに、胸をはって説明した。

『ポーニャ』は、うさぎ星、第一惑星の生物と思われます。食べ物は甘い果実なら何でも食べます。バナナは好物です。バッタ類の昆虫も好物です。穀物は食べません。体温は三八度、脈拍は七〇です。クー、クー、プー、プーと鳴きます。年齢は不明です。地球上の動物と違うのは、生殖器が見当たりません。レントゲンでは生殖器らしい臓器がありますので、発育に従って判明するのかも知れません。骨格は頸椎が八個で地球動物より一個多いが、背骨や肋骨、骨盤、手足の骨などは同じです。知能はチンパンジーとほぼ同等です」

「どのようにして、生きて地球までできたのですか？　冷凍ですか？」

「冷凍ではありません。むしろ保温されて〇度に保たれていたと申し上げます。呼吸、心臓は停止していましたので、臓器の活動はありません。つまり生物としての活動は停止していたが、細胞は生き続けたということです。睡眠ではありません。生存のメカニズムは調査途中ですが、地球の科学では不可能です。宇宙空間を〇度に維持して来たボックスに秘密があると思われますので、詳しく調査後発表したいと思っています」

「地球より進歩した知能生物が第二惑星に存在し、第一惑星も手中にしているということですか」

「おっしゃる通りと推測できます」

「わからないのは、冥王星に接近したタイソンですがね、どこから来たのですか？　なぜタイソンを利用したのですか？」

「我々も正確な見解は持っておりません。推測できることは、グレート人が天体を操作したのか、たまたま冥王星に向かっている天体を偶然発見し利用したのかということしか言えません」

「そんなことしないでも地球に知らせる方法はあるでしょう」

「全くその通りですね。いろいろ先を見越して遊び心でやったのか、地球の実力をもっと知りたくてやったのかわかりません。グレート人に聞きたいですね」

「遊び心ねぇ」

「地球人が慌てふためく様子を見て大喜びしているかもしれませんねぇ」

「タイソンは、実は戦闘用の宇宙船かもしれませんよ。ないとは言えないでしょう」

「もちろん検討はしました。しかし現在も木星へ向かって進行しています。内部はマグマが存在し、高温の世界です」

「そうですか、出来立ての惑星なのでしょうか？」

「今頃、なぜメッセージ行動など起こしたのでしょうねぇ」

「地球の宇宙旅行の企画を知ったので案内状を送ったと考えるのが妥当ではないでしょうか」

「なるほどねぇ、現在アメリカでは政権変わって、方針変更でもめていますが、グレート政府の方針転換でしょうか、宇宙開発に力を入れる政権の誕生とかね」

「政権交代ですか、政治担当の記者もおいでの様で」笑い。

「それでは、タイソンに刻まれたナスカの鳥の模様はどう説明しますか？」

「それは、地球に届ける郵便切手ですよ。地球人にメッセージを届ける証です。地球人はこの切手で必ずメッセージを手にすると考えたのでしょう。鳥の模様の彫刻は宇宙人の高度な技術力なら簡単に出来るでしょう」


記者団は、只々うなずくばかりであった。

いろいろ謎を含めながらも、記者団は「ポーニャ」に軽く挨拶して三々五々散会した。

5　巨大天体・木星衝突・木星の核融合と衛星イオの爆発

衝突

木星イオ地球基地　西暦五〇〇二年一〇月一一日

人類史上いや太陽系宇宙形成依頼最大のショーが始まった。

モンスタータイソンは、コンピュータの計算どおり衛星イオから五〇〇〇キロの位置を通過した。その巨大さは満天を覆い、食い入るように見つめる一万人の地球人の目を圧倒しながらオレンジ色の園へ向かって巨大さゆえにゆっくりと、ゆっくりと背を向けて遠ざかっていった。

観光客は、驚きと満足感の後から、なんとも言えぬ恐怖感に襲われ、お互いの顔をのぞきこみ相手の心理状態をさぐりあった。

タイソンは、三〇分後に木星に到達した。

秒速二〇〇キロの超スピードで木星大気に突っ込んでいった。

しかし巨大さゆえに、ゆっくりと、アンモニアなどで形成された縞模様の厚さ一〇〇〇キロにも及ぶ大気の下で待ち受ける、水素とヘリウムの液体混合体の中心部に向かって突入していった。巨大なため縞模様の中へ埋没するのに数秒を要した。

タイソンが木星の大気のなかに消えるや否や、ピリッと閃光が走った。

同時に、大気突入の摩擦熱エネルギーにより大気が膨張し、炎は茸雲となって吹き上げた。次に、高温ガスが、秒速数キロの青白い衝撃波となって、木星の表面を覆うように広がっていった。北極では衝撃波で生まれたオーロラが美しく輝いた。

イオの見物人たちは我を忘れて釘付けになっていたが、すべて巨大なため、スローモーションビデオを見ているようであった。

炎は急速に拡大しながら燃え続けていた、と見えたが、実はイオに向かって吹き上げていたのである。見物人たちはそれには、すぐには気がつかなかった。

観測技師は、毛司令に退去指示を発令するよう直言した。

「毛司令、危険です、非常避難の指示をお願いします」

「ここは、木星から三五万キロだ！　危険はない」

「いえ、きのこ雲がこちらにせまっています。真っ直ぐに迫ってきています、目の錯覚で判断できないのです。早く！　退去命令を！」

毛司令の退去指示が発令され、非常避難ベルがけたたましく鳴った。基地施設内はもとよりホテルなどすべてに一斉非常避難ベルが鳴りひびいた。

見物人は、狂ったように地下避難施設へ殺到していった。

人類にとって、初めての異星接近による非常避難である。

地球では、一〇五分遅れたテレビ画面に釘付けとなっていた。

太陽系全基地の地球人達も手に汗を握り見入っていた。

ＮＡＳＡ未確認物体特別研究室

ここでもテレビ画面に釘付けとなっていた。

「イオが危ない！」

宇宙ステーションからの映像では、イオへ迫る爆発の炎がよく見えた。

「いや、大丈夫だ！」
「わからない？　……が心配だ」

NASAジョンソン長官室

ジョンソン長官もテレビ画面に釘付けとなっていた。
「イオが危ない！　すぐ支援隊を！　宇宙軍司令長官を呼んでくれ。いや国連総長が先だ」

国連総長室

「ジョンソン君、テレビ見ていたよ。宇宙軍司令長官には君から直接話してほしい。そのほうが手っ取り早くていい。ワトソン大統領も君と同じ意見だ。それじゃお願いしましたよ。一万人の命がかかっている」

国連宇宙軍司令長官室

長官もテレビ画面に釘付けとなっていた。

「ハイ、ケネディです。非常事態ですな。私も同感です。救援隊を組織しましょう。火星からにしましょう。宇宙緊急支援司令第一号を発令します」

木星イオ基地の被災

「毛司令、避難完了です。司令も避難を！」副官が促した。

「我が隊員は飛んだかね？」

「定期訓練隊が五〇人、五機飛んでます」

「そうか、ホテル等の他の施設はどうかな？」

「残念ながらホテル等の情報はわかりません」

「イザとなると訓練も役に立たんね」

「申し訳ありません」

「いや、私の責任だ。私が、まずかった……」

「いや、まだ破滅がきまった訳ではありません。とにかく避難を、さ！」

「私はここに残る、君が指揮をとれ！」

「司令、そんなわけにはいきません」

「早く行け！」

「司令！」副官は敬礼して地下避難所へ走った。


タイソン衝突から八〇分後、衝撃波は炎となってイオを襲った。

原子爆弾相当のエネルギーが、イオ基地まで到達した。

爆風にあおられ、堅固に建設された基地であったが大きな被害を受け、地上にあった宇宙船はすべて破壊された。


地球や各惑星基地のテレビでは、炎とともに画像が切れた。画面はすぐに直近のスペースステーションからの映像に切り替わった。

そこには、衛星イオを襲う炎があった。やがて炎はイオ表面を襲った。

見ている者は固唾を呑み、手に汗握り、十字をきった。

やがて炎は消えた。煙の中からイオの姿が徐々に現れ、画面に釘付けになっていた者たちから「助かったー！」の歓声があがった。

イオ基地地下避難所

地下避難所には、観測隊員二四人と宇宙軍四〇〇人が避難していた。衝撃波はすさまじかった。全員が壁にたたきつけられた。衝撃音と叫びが共鳴して恐ろしい空間となった。

やがて衝撃はおさまったが、死者が投げ出され、負傷者のうめき声で地獄と化した。二五〇人が死に、残った五〇％が負傷した。

「我々は助かった。只今救援を依頼した。落ち着いて救援を待とう。ここには食料も医薬品も何もかも十分にある。安心せよ」

イオ第一ホテルは悲惨であった。避難所の扉が開かなかったのである。爆風による施設の損傷で気密性が破壊され全員が死亡した。

宇宙に投げ出され、宇宙のチリとなった者も多かった。

どの施設も同じような状態であった。地下施設に閉じ込められた者が多かった。

飛行中の宇宙軍機五機は編隊飛行のまま吹き飛んだ。

木星の異変

地球・惑星各基地ではテレビ画面の映像は継続されていた。

コーヒーが入り、一息つきながら、遠い事故でよかった。私には直接関係ないことでよかったと誰もが感じていた。

誰もがテレビを消さずに眠りに就いた。

翌日も衛星イオは何も無かったように画面の中央に浮いていた。

画面を見続けていた者は、画面を指差した。

「何かへんだぞ！　木星が……」

バックの木星のオレンジ色の縞模様に変化が現れたのに気づいた。

縞模様の縞が、色がだんだんうすくなってきた。タイソン衝突跡の波紋も消えた。

木星が衣を脱ぎだした。縞模様のうすくなった部分から地肌が初めて現れた。

そこには青みがかった乳白色の美しい地肌があった。

木星は自らも情熱の光を発しているようにその地肌には艶があった。

色白の若い女性の、襟元の素肌からすき通って見える静脈の青さを思わせた。

そして青白い地肌が燃え出すように薄いピンク色に変わっていった。

木星中心部で何かが起こっているようであった。

三日後には赤みが増しオレンジ色に変化した。

イオ基地救援隊宇宙船

火星基地を発進した救援宇宙船二機、一五〇人の救援隊は、木星映像に釘付けになっていた。

「タイソンはかなり深部まで到達したようだ。木星の重力が呼び込んだに違いない！」

「磁気に吸い寄せられることはないのかね？」

「中心部まで到達するようなことはないだろうな？」

「まさか……」

「深部で核爆発でもしたらどうなるのかな？」

「まさか……」

「しかし、無事では済まないと思うね。木星で何かが起こるな？」

「ニキタ隊長！　あのでかい天体が爆発はないでしょう？」

「いや、燃えることはあるかも知れない？」

「えっ、燃えるんですか！　イオ基地はどうなってしまうんですか？」

「とにかく我々は救援隊だ。全速前進」

イオの爆発

地球暦・西暦五〇〇二年一〇月二一日
イオ基地地下避難所では、生存者達は死者の片付けや負傷者の手当てに忙殺されていたが、蒸風呂のような環境で皆は疲れ果てていた。

木星の異変は知らぬことであった。

イオはあちこちに新たな青白いガスを吹く噴火が起こった。

突如として、衝撃が地下室を襲った。ビリビリと振動し、グラグラと揺れた。

人々は日常経験している火山噴火による小さな地震と違うことを肌に感じた。重大な事態がくるのを本能的に感じた。

基地全体に避難警報が鳴りひびいた。自分がどう行動するのかはよく心得ていた。

各地区の居住者達は避難アナウンスにより指定の宇宙船基地に急いだ。

地震は大きく、小さく、繰り返し、繰り返し続いた。

ドーン！　とかつて経験のない大きな揺れが襲い、照明が消え暗闇となった。

助けて！　と誰かが叫ぶと同時に、体が持ち上がりズッスーンと身体が破裂する衝撃を受けた……。

青白い噴煙の中を宇宙軍の二機が脱出に成功した。

「ズスン！」イオが爆発した。

直径三〇〇〇キロの天体がすさまじい閃光とともに飛び散った。

ビッグバンを思わせる大爆発であった。

巨大な天体爆発はピカッと光り爆発して一瞬に終わる花火のような簡単な爆発ではなかった。

直径三〇〇〇キロの爆発は、超スローモーションの爆発に見えた。

その炎と衝撃波は三五万キロの木星表面へも及び、兄弟衛星たちも炎の中に巻き込んだ。

爆発の炎は数十時間にわたって明るく輝いた。

爆発のあとには網膜に残った残像のような爆発煙が漂っていた。

木星の燃焼により重力が不安定になり、もともと安定度のないイオの地殻がぐらつき、内部摩擦が著しく拡大し爆発を誘発したのであった。

脱出した二機の宇宙船も爆発の中に消え去った。

木星・原始太陽の始まり

イオを爆発させた木星でなおも異変は進行していた。

天体衝突一〇日後、木星に大きな異変が現れた。

オレンジ色の表面のあちこちから、ピカッ、ピカッと炎の光が漏れ出した。

そして、その光が地肌から吹き出し、線香花火のように天体上空で跳ねた。

数日後、線香花火は木星表面を覆うように激しく燃えた。

「なんと綺麗な火花だろう」送られてくる映像につぶやいた。

花火は数十日間続いたがやがて下火になってきた。

そして、徐々に液体からガス気体に変化が始まり、木星は膨らみ出した。

オレンジ色が濃くなり炎に変化してきた。

しだいに炎の光は加速し、ついにいっきに表面全体が発火した。

巨大天体衝突により木星が燃え出したのである。

やがて、炎は超高温となり核融合反応を誘発して太陽系で第二の原始太陽が出現した。

第二のガリレオ衛星エウロパが燃え出した。

第三の巨大ガリレオ衛星ガニメデが、第四の巨大ガリレオ衛星カリストが熱圏に巻き込まれ燃え出した。

太陽系誕生以来四六億年、じっと堪えてきた水素原子とヘリウム原子に火が付いた。

太陽系宇宙形成以来の大異変であった。

太陽と同じ性質を持ちながら燃え出すことができなかった木星に火がついた。堪えていたものが一気に太陽のごとく発火したのである。

第二の太陽の出現は太陽系宇宙の今後の生態系にも大きな影響が及ぶのは必至である。

地球人達は、目撃した。

大宇宙劇場の全てを見た。

タイソンの木星衝突、木星の噴煙によるイオ基地の破壊、イオの大爆発、そして木星の太陽化である。

一万人の命が宇宙に消えた。

天体衝突による人類最初の大量犠牲である。

あまりの出来事に我を忘れていた。

地球人達は、ただ茫然と長かった二〇日間を振り返っていた。

全人類の人間活動は完全に停止していた……。

大宇宙劇場の幕は降りた。

宇宙の夢を見たかのように、ぼけーっと、虚脱感が襲った。

一万人の命というよりも、壮大な宇宙の営みにただ驚くばかりであった。

しかし、それは終わりではなかった。天体の衝突によるイオの爆発と木星の発火、第二幕が終わったのに過ぎなかった。終わりどころか地球人にとって、それが人類の絶滅を招く大異変の始まりであったのである。

6　巨大新天体出現

イオ基地救援隊宇宙船

「ニキタ隊長！　イオは消えました。ちくしょう！　無くなりました……」

目的を失った隊員たちはみんな泣いた。泣けてしかたがなかった。

「隊長！　戻りましょう」

「いや、救援に行く！」

「隊長！」

「まだ生きている者がいるかも知れない」

「えっ、隊長！　そんな」

「全速前進！　あと一〇日で現場だ」

「よし！　全速前進だ！」みんなが叫んだ。

「隊長！　何かこちらに向かって来ます。でかいです！　新天体ですか？」

「一時間後遭遇します。スピードは秒速一五キロです」

「よし！　お迎えしよう。減速！　待機！　観測開始」

「各宇宙基地へ。こちら、イオ基地救援隊、巨大天体に遭遇！」

「隊長！　でかいです」

「突然の出現だ、イオの爆破片の一部に違いない。平行飛行で調査する」

「コンピュータＯＫです。遭遇後、物体との距離五〇キロで平行飛行します」


怪物が姿を現した。ぐんぐん巨大怪物がせまってきた。イオの破壊された硫黄色の黄・赤・白・黒など複雑な地表面がはっきり見えてきた。反対側はイオの内面である。

「隊長！　長径二〇〇キロ、短径一〇〇キロ、厚さは複雑ですが一〇〜三〇キロはあると推定できます。そり返った分厚い食い残しのポテトです」


「気味がわるい星だなぁ、でかいなぁ」

「赤い部分は溶岩がまだ冷えていないからかな？　硬い部分は粉砕されなかったのだ」

「そうだろうな？」

「生物反応、人工建造物反応スイッチオン」

「反応ありません。表面温度一〇〇〇度！」

「手に負えん！　帰還する！」

国連宇宙軍長官室

天体出現が伝達された。天体は地球に向かっていた。

木星・地球間六億三〇〇〇万キロを秒速一五キロ、一日およそ一三〇万キロのスピードで地球に向かって飛行を続けていた。

ケネディ国連宇宙軍長官は国連事務局長及びジョンソンＮＡＳＡ長官とテレビ電話中であった。

「地球到達はあと四七五日後ですか、衝突は免れないのですね。宇宙軍としてはできる限りのことはします。さっそく作戦会議を招集しましょう」

「作戦会議の結果は後ほど連絡します」

「報道発表はどちらで？」

「いや、私の方より国連でしょうね、国連にお願いしましょう」

「じゃ、お任せします」

国連宇宙軍長官は緊急作戦会議を招集した。

ケネディ長官「諸君、国連宇宙軍としての意見を至急まとめたい。宇宙軍の考えを持って国連緊急会議に臨みたい。諸君の考えを聞きたい」

作戦次長「とにかく撃墜ではなく破壊しなくてはなりません。第一次攻撃は火星基地攻撃隊、第二次攻撃は月面基地攻撃隊による攻撃を敢行します」

宇宙空間は無重力のため、撃墜はあり得なかった。

作戦次長「火星基地の大型レーザー砲で破壊可能と思われます。まず、火星戦闘隊五〇機によるレーザー銃主体の攻撃の後レーザー砲で撃墜です。イヤ破壊です」

長官「最大径二〇〇キロの岩盤を破壊するのか？」

参謀「やるしかありません。命令をお願いします。とにかく宇宙で撃墜しなければ手遅れとなります。地球の命が……」

作戦部長「よし、第一次攻撃は火星基地軍、第二次攻撃は月面基地軍により二段構えで遂行する……長官……」

長官「ウム……それでいく……」

参謀「長官！　軍に伝達します」

長官「準備だ、火星基地軍の戦力、月面基地の戦力、地球基地軍の戦力データを用意しろ。急げ。わしは国連非常事態対策会議に出向く」

国連非常事態対策会議

地球暦・西暦五〇〇二年一一月一日、国連

国連非常事態対策会議（スペースガード問題）が招集された。

総長「総長のドゴールです。みなさん、我が地球に地球形成以来の困難が到来しました。地球生物の最期を意味するこの衝突はなんとしても回避しなければなりません。最初に宇宙軍の作戦をお聞かせ下さい。それから各部局のみなさんは必要なデータをしめしてください。被害が最小限になるようみなさんで考えましょう。この会議は各国の元首が通信回線により参加されています。ではよろしく」

国連宇宙軍長官「宇宙軍としては、全力をあげて撃破します。火星基地軍、月面基地軍の二次攻撃で撃破可能と思われます」

総長「みなさんの意見はどうですか？」

「宇宙軍がそうおっしゃるのですから……」

総長「それしかないですかね？　……」

事務局長「事務局長のソンです。素人なんで言いにくいですが、あんなでかいものを破壊することができるんですか？　例えば進路を変えるとかすればいいような気がしますが」

総長「それはよい考えですね。宇宙軍としてはどうですか」

宇宙軍長官「破壊すると言っても、イオの爆発のようにドカンとやることは不可能と思われます。破壊力が弱すぎます。と言うよりでかすぎます」

総長「進路を変える方法はありませんか？」

宇宙軍長官「攻撃では進路変更は無理でしょう。進行エネルギーと攻撃エネルギーが違いすぎます」

総長「ちょ、ちょっと待ってくださいよ！　大型ロケットをですねぇ、着陸させてですねぇ、ロケットエンジンでですね、エーつまり怪物をロケットのようにしてしまうという手はありませんか？　方向が変えられるのではないかと？」

宇宙軍長官「物体の表面温度は一〇〇〇度以上あります。機体や人間の降下ができませんし進行エネルギーはですねぇ、巨大でですねぇ、対応はむりなんですよ。ロケットの損失は避けなければなりません！」

事務局長「事務局長です。素人なんで言いにくいんですが、爆薬を大量に仕掛けて爆発させれば出来ませんか？」

宇宙軍長官「宇宙軍としては、天体を破壊するほどの大量の爆薬は持っていません。これから集めるのも不可能です。レーザー砲と銃しかありません」

総長「爆薬は、資源開発省にたくさんありませんか？」

資源開発長官「ありますが、どうやって仕掛けますか？　どのくらい必要ですか？」

「…………」

総長「どなたかご意見は？」

事務局長「事務局長です。素人なんで言いにくいですが、昔の原子爆弾のようなものは今はないのですか？」

総長「宇宙科学研究所長のご意見は？　科学者としてご意見は？」

所長「ハア、そのような巨大な爆発物があれば十分方向を変えることは可能でしょう」

総長「本当に大丈夫ですか？」

所長「ハア、大丈夫ではないかと……」

事務局長「事務局長です。各国へ問い合わせて原子爆弾を探しましょう。昔、解体されないまま保存している国があると聞いたことがありますよ」
総長「各国の皆様の報告をお願いします」

ロシア大統領「ロシアのチョロレンコですが、原子爆弾は保存してあります。しかし、古代の遺物というか、とにかく古いので爆発可能かどうか調査してみないと……」
中国議長「中国のリュウですが、同じく保存されています。爆発可能かどうか、何個あるのか調査します」

事務局長「事務局長です。例えば、例えばですよ、この作戦に失敗した事を考慮すると、つまり地球へ衝突した場合はどうしますか？」
総長「衝突した場合の被害はどの程度ありますか？　所管は地球地質研究所ですか」
地球地質研究所長「まず災害ですが、第一に地震が来ます。第二に大津波が発生します。津波は巨大で島国などは一呑みにします」
(会場がざわめいた)
総長「報告中です。お静かに！　お静かに！」

総長「第一の災害、地震はどうですか」

同所長「地震は全世界で起こりますが、ビルは超耐震設計ですので耐えられるビルも数多くあるでしょう。だが、津波はダメです。津波には勝てません」

総長「第二の災害、津波を詳しく？」

所長「避難を考慮しない現状のままでは津波による被害だけでも、衝突二日以内に全地球人口の二〇％の被害があるでしょう。ハワイ、各諸島、ニューギニア島、ニュージーランド、オーストラリア東岸、日本、台湾、中国沿岸、フィリピン、インドネシア、北アメリカ西岸、南アメリカ西岸などは破滅し、五億人を超える人間が危険です。特に島国は最悪の状態でしょう」

「最悪の状態ということは、私の国が全滅、全国民が津波一発で死ぬということでしょう。そうならそうとはっきり言いたまえ、君！」

(会場のざわめきが続いた)

総長「報告中です。お静かに！」

次いで、映像による報告がなされた。

正面へ現れた大地球儀には、天体衝突時のシミュレーションが立体映像で映し出され、都市を呑み込む巨大津波の様は全員を強烈に圧倒した。

（会場のざわめきが頂点に達した）

同所長「太平洋の平均の深さは四二〇〇メートルで、地球の全海洋中最も深い海です。津波は海が深いほど大きく、しかも津波の進む速度は速いのです。津波速度は時速七〇〇キロを超えるでしょう。海洋が深いと言っても、最大径二〇万メートルの天体が衝突すれば、つまり海深より一九万五〇〇〇メートルでかい訳ですから、はじかれた海水の津波は数百メートル、いや一〇〇〇メートルを超える大きさになると思われます。その津波は各地で太平洋を突破し他の海洋に拡大することは必至であります。例えば、中央アメリカではパナマ、コスタリカを突破しカリブ海に入り、キューバ、サンドミンゴをも突破し北大西洋に到り、なお、数百メートルの津波を維持し、アフリカ西岸、北アメリカ東岸及びヨーロッパを直撃します。それからアジア方面では、フィリピン、インドネシア及びマレーシアを突破してインド洋に到り、インド沿岸、アラビア半島沿岸及びアフリカ東岸を襲うでしょう」

総長「つまり世界全体が津波で襲われるということですか！」

同所長「その通りです」

総長「津波の後はどういう事になるんですか？」

同所長「第三に舞い上がった海水が降り注ぎ洪水となります。第四に爆発で蒸発した塵が水蒸気と混合して地球を覆い、太陽の輻射熱をさえぎり、急速に地球は冷えて来て氷の世界となるでしょう」

総長「えっ！　という事は地球全滅ですか！」
事務局長「事務局長です。被害の程度は大きくてわかりにくいです、人間の生存率は何％ですか？　今考えられることを発表してください」
同所長「あとはどうなるかわかりません。津波と大洪水は必至ですね、津波の後、何十日も土砂降りの大雨が降るでしょうし、その後の気象変動つまり寒冷化です、地球全体が急激に冷えて来ます。いろいろ予測困難でありますが、決定的なダメージは避けられないでしょう」
「どうなるかわからんのかね……」（ざわめきがひどい状態）
総長「お静かに！」
総長「海の底へ激突するのか？　地球地盤はどうなってしまうのか！　海水が穴の中に入ってしまわないのか？」
（ざわめきで聞き取れない）
同所長「天体は巨大ですから、海底の岩盤を打ち砕きマントルに達すると想定できます。衝突予測地点の海底の岩盤は五〇〇〇メートル程度ですからそれは十分考えられることです」
総長「えっ！　マントルまで。地球は破壊されませんか？」
同所長「それほどのエネルギーではありません」

総長「続けてください」

同所長「海底の岩盤が衝突の衝撃で粉砕蒸発し煙状のチリとなり水と水蒸気とともに吹き上げ、数日で地球を覆い尽くし、そして太陽光を遮断し気温はどんどん低下を続け氷の大地となってしまうでしょう。つまりインパクトウインター（衝突の冬）です。地球の歴史では六六〇〇万年前、メキシコのユカタン半島の北端チクシュルーブに落下した天体により恐竜の絶滅を引き起こしたのは事実として伝えられているのはよくご存じでしょう。恐竜だけではありません、中生代白亜紀末の生物種が壊滅的な打撃を受けたのです。人間はこの大事件がなければ出現しなかったかも知れません。この論文は一九八〇年にアメリカのアルバレス親子の発表したジャイアント・インパクト説で現在でも多くの学者に支持されています。このときの天体の大きさは直径一〇キロでした。現在でも一八〇キロのクレーターの痕跡は残っています。せまりくる天体は二〇〇キロですよ、桁外れに大きいのです。しかし、天体は球状ではありませんし、天体の破片です。硬質岩盤ではありませんので、あるいは被害はある程度少ないかも知れません」

総長「もろいんですか？　なら地球は助かるかもしれないのですね。メキシコのものより被害は少ないのですか？」

同所長「いや、少ないといってても巨大ですからメキシコのより強烈ですよ。あくまでも推測ですが」

（……だれも言葉がでない、沈黙の世界となる……）
総長「推測ということは、そうなると断言できないということですね？」
同所長「推測でしかありません。経験がないのですから……」
事務局長「事務局長です。素人で分からないのですが、まず津波対策はないですか？　私は泳げないのです。水が怖いのですよ。津波で死ぬのはいやですね」
総長「そうです、地下にもぐるとか、何かあるでしょう。これはあなたの専門ではありませんか」
同所長「ハア、対策はあります。まず津波の来ない所に避難すること……」
「そんなことは分かっている！　……」（ざわめき）
総長「お静かに！」
「安全な国へ避難、引き受ける国はありますか」
「……」（ざわめき）
「モグラのように地中にもぐる……」
「洪水に耐えられるかが問題ですね」
総長「お静かに！」
同所長「次に、宇宙に逃げることでしょう」

「まだあるぞ！　飛行機に乗る！　というのはどうだ」（笑い）
同所長「ハァ、それはありますが、雨が降りますので……」
「雨が怖くて飛行機に乗れるか！」（やけ笑い）
同所長「ハァ、雨といっても、台風の何倍もの勢いですので……」
「それを早く言えっ！」だれも笑わなかった。
同所長「海水とチリの雨は全世界に降り、大洪水となるでしょう……、何日間も……」
事務局長「事務局長です。素人で分からないのですが、地下にもぐるのなら私にもできますね？」
同所長「ハァ、現在の地下都市、地下施設等を密封します」
「人間押し込んだら窒息だ！　……」
総長「総長としてお願いします。ちょっと品が落ちていますので……」
同所長「一〇日もすれば海面はほぼ安定すると思われますので出て来られますが、雨が……」
同所長「人間全部は無理ですね。入れる人を選ぶのは困難だ。パニックは避けられないでしょうね」
事務局長「宇宙はどうですか？　宇宙開発局長官？」
宇宙開発局長官「ジョンソンです。現在宇宙滞在は月面基地を中心に七〇〇万人おりますが、あと五〇万人程度は収納可能です。食料も増産可能です」

事務局長「いまのは太陽系の話ですね？　五〇万人ね、すくないですね、二五億人いるのですよ」
宇宙開発局長官「ハイ、月をはじめ火星など太陽系では五〇万です」
事務局長「それからもう一つ、地球へはいつ頃帰還できるでしょうね？　つまり地球が安定して生活できるのは何時かということですがね」
宇宙開発局長官「地球への帰還の時期は分かりません。多くの地球の人々がどれだけ生き残れるのか、洪水はどれほど続くのか残念ながらまったくわかりません」
事務局長「太陽系は現在恒星間旅行に向けて、超大型宇宙船を建造中ですね。恒星への脱出は民間企画ですね。それは政府には何も権限ありませんね。民間ですからね」
宇宙開発局長官「そうです。民間プロジェクトです。しかし総合的には宇宙軍とＮＡＳＡが指導監督しています」
総長「三万人程度でしたね。それはお任せしましょう」
宇宙開発局長官「目的地は宇宙旅行企画中の系外惑星です。二九光年の位置にありまして、宇宙人から惑星への招待案内が来ている例の星です。系外惑星への永久移住となるでしょう」
総長「しかし、二九年ねぇ、希望者いるかね？」
宇宙開発局長官「光子ロケット宇宙の旅では、時間短縮となり、一五年で到達できるとのことです」

総長「ああ、アインシュタインの何とかの理論だね。一五年ねぇ。まぁよろしくお願いしますよ」
国連宇宙軍長官「承知しました。宇宙のことはお任せください」
総長「国連宇宙軍では何か作戦はありませんか？」
国連宇宙軍長官「ハイ、火星基地、月面基地からの攻撃作戦です」
総長「相手は大きいですが、破壊の可能性はありますか？」
国連宇宙軍長官「やるしかありません！」
総長「やってもらわなければなりません」

総長「避難民の国外移住はどうしますか？　例えば日本から中国に数万人いや数百万人の移住は可能ですか？」
中国議長「入国には、施設、食料、運輸など解決しなければならないことが沢山あります。避難国からの資金援助にかかっています。つまり持ち込みですよ。それでも制限が当然ですね、治安の問題もあります」
総長「そのとおりですね。当事者間で協議していただきましょう。いま治安の問題がでましたが、警察力と言うか、自国で万全を期して下さい。他国に影響ないようお願いします。混乱はひどいものになるでしょう」

総長「国連としては、天体対応は責任持ってやりましょう。天体対策は防衛軍、宇宙基地への移住は宇宙開発局にお願いしましょう。国外へ脱出は相互国間でお願いします。国内のことは自国で処理するということでよろしいですね」

各国「異議なし」

「中国のリュウです。現在使える原子爆弾は有りません。何とも残念です」

残念の声でざわめいた。

「ロシア・チョロレンコです。爆発可能のものは一〇個あります。どうしますか」

「オー！　やった！」の声で皆元気づいた。

総長「よかった。さっそく宇宙軍と相談してやってほしい。ところで一〇個で足らない場合のことを考えてこれから作ることは出来ませんか？」

工業局長「無理です。生産プラントがどこにもありません。作れません」

総長「そうですか。一〇個で成功させる以外にないのですね。核攻撃は宇宙軍ですね」

国連宇宙軍長官「我々の任務です。必ず成功させます」

総長「よろしくお願いします。地球の運命はあなた方の肩にかかっています」
総長「大事な事ですが、国民への報道ですが、どう知らせていいものか、パニック、暴動などが怖いですね。社会活動が停止するでしょうね。……各国にお任せするしかありません。各国元首の皆さん強力な政府の指導力を発揮してください」
「イギリスのポールですが、報道は世界一斉に一〇日後でいかがでしょう。いろいろ準備がありますからね」
総長「期間が必要なのはわかりますが、それまで情報が漏れないでしょうか？　漏れると大混乱を招くと思われますね。明後日ではどうでしょう」
各国「異議なし」

総長「最後になりますが、もし宇宙での対策を失敗しますと、現時点の計算では物体は太平洋上の中心部に落下します。あと四七五日しかないのではなく、あと四七五日あります。人類の英知を総結集してこの困難を最小の損失で乗り切りましょう。まずは宇宙軍の健闘を祈ります。国連非常事態対策会議は継続します。事務局は国連事務局長のソン君にお願いすることとします」

事務局長「ソンです。各国とは十分連絡をして推進します。よろしくお願いします」

国連宇宙軍作戦会議

地球暦・西暦五〇〇二年一一月一日・夜

国連宇宙軍作戦部及び軍首脳が招集され、天体撃墜の作戦会議が開催された。

ケネディ長官「諸君、イオの爆発はご覧になったと思う。我が部隊の一五〇人の殉死と民間人多数の犠牲があった。謹んでお悔やみを申し上げます……。昨日国連の非常事態対策会議が開催されました。また非常事態の勃発です。イオの爆発によるイオの破片というか、一部というか、とにかく天体が出現しました。天体は最大径二〇〇キロの複雑な形をしていまして、それが地球に向かって飛行中でありま す。速度は秒速一五キロでこのまま飛行すると四七四日後に地球の太平洋に激突します。つまり地球の最期と言ってもいいでしょう。我々の任務は、この天体を撃破か又は進行方向を変えて地球への軌道をそらすことにあります。任務は人類の運命を決める重責であります。国連宇宙軍結成以来の大作戦になります。現在火星に向かって進んでいるが、第一次攻撃は火星軍にまかせるのが順当であろう。火星軍の戦力は太陽系で群を抜くものがある。地球の運命はこの一戦にある。国連宇宙軍諸君の勇猛果敢な攻撃と戦果を期待する」
「それから国連総長から皆さんにお言葉があった、検討を祈る！　とね」
作戦部長「攻撃は、原子爆弾を天体直近で爆破し、その強烈なエネルギーにより、敵を破壊又は進路変更を促すこととする。原爆は一〇個である。ロシアから原爆技師の支援がある。今回の作戦は、一に攻撃位置、二に攻撃回数、三に攻撃方法、四に部隊編成である。作戦基地は火星だ。火星をおいて他にない。月面基地では遅すぎる。火星基地は我が宇宙軍の精鋭軍がある。腕のみせどころだ。必ずや成功してみせる。自信を持って俺に付いて来い」
作戦次長「原爆到着は三〇日後との連絡がありました。保管状態が悪く積み出しに時間がかかっているようです」
作戦部長「三〇日後か一一月三〇日だな」
作戦次長「軍戦闘隊によるレーザー砲攻撃を、是非加えてほしいのです。我が精鋭部隊は自力で撃破したいと希望しています。どうかやらせてください」
作戦部長「攻撃機による天体破壊はできまい、目標がでかすぎる。しかし、手を拱《こまね》いてもおれまい、それは最後の手段としてとっておこう」

戦闘次長「できるだけ遠隔地点がよろしい、次の作戦に余裕ができる。敵さんはノロノロだ！」

作戦部長「よし！　作戦開始だ！」

ケネディ長官「諸君は全員火星に飛べ、前線作戦本部長は作戦部長があたれ、火星基地と協力し、作戦を成功させよ！　幸運を祈る！」

ケネディ長官は移動可能な大型レーザー砲の必要性を感じ、建設中の恒星間宇宙船への搭載を要望した。

宇宙船の武装はＵＦＯによる攻撃に対応するための対空レーザー砲のみの搭載であったが、対天体攻撃用の大型長距離レーザー砲の搭載が決定した。

しかし、宇宙船の建造は完成まぢかで、ほぼ船体はできあがっており、大型長距離レーザー砲の建設は大幅な船体の設計変更を必要とするため天体攻撃に間に合うか微妙であった。

激論の末、攻撃作戦は次の結果となった。

1　攻撃位置及び攻撃回数
天体飛来速度、原爆運搬時間及び爆破精度を考慮し、火星付近で二回攻撃とする。
一次攻撃　　天体の火星到達前三億キロ以上の遠隔地点

二次攻撃　　原爆五個による爆破攻撃、目的軌道変更又は天体破壊
天体の火星到達前一億キロの地点
原爆五個による爆破攻撃、目的軌道変更又は天体破壊

2　攻撃方法及び部隊編成
一次攻撃　無人攻撃機に原爆搭載し天体の前部にて、天体より直近位置で爆破して進行方向の変更を促す。
原爆搭載及び爆破コントロールは科学部隊機が行う。
科学部隊には原爆技術者が支援する。
二次攻撃　一次攻撃の結果で決定する。

火星基地司令官、金は作戦内容を受信し重責に緊張しながら作戦部長の到着を待った。

報道『地球の最後か？　巨大天体襲来』

地球暦・西暦五〇〇二年一一月三日・朝六時

世界の全家庭の通信端末が一斉にニュースペーパーを吐き出し、テレビは非常時スイッチが自動的にONされ、ボリュームいっぱいの放送で市民はたたき起こされた。

「地球の最後か・巨大天体襲来」、平和な地球に激震がはしった。

全世界の市民は驚きはしたが、木星の大異変を目の当たりにしたため、太陽系宇宙に何か異常が起ることは察知していた。


政府による非常事態統制は完璧であった。社会全体の統率がとれていた。

パニックは起こらなかった。

パニックの恐ろしさや何の得もないことを一人ひとりがよく知っていた。

地球人類は高度の教育を受け賢かった。

報道は、政府の指示に従うよう当たり前のように伝えていた。

天体は破壊もしくは軌道変更により地球への衝突の危険度は低いと報じていたし、みんなそうなることを信じていた。

また、地球への衝突が避けられなかった場合は、津波、洪水などで安全な場所など地球上には存在しないことも十分承知していたが、もしかすると天体は攻撃により破壊され小さくなり、被害も低下してしまうだろうとの希望も持っていた。

密かに人類大移動の国間交渉が始まった。

世界各地の海洋沿岸にすむ住民はもとより、太平洋に面する国は全ての国民が国外退去を希望していた。

大陸国は交渉に応じたものの自国受け入れ体制上の問題が優先され、桁違いに多数の移住など到底受け入れられるものではなかった。

五億人、地球人口のおおよそ二〇%の移住など不可能なことであった。

特に、全土が津波や洪水に呑まれる恐れのある日本は、人口七〇〇〇万を越え、一年程度の期間では、一日あたり二〇万人の避難が毎日必要となり、空路、船舶などにより輸送そのものは可能であったが、受入側は他の国からの避難もあり受入困難であった。

フィリピンなど島国の共通の問題であった。

国連は国連宇宙軍の天体攻撃により宇宙での破壊を強く要請した。

日本の避難計画

日本では、対策プロジェクトの検討が綿密に行われた。

国民の選ぶ避難は四つに一つ、外国へ逃げるか、津波が小さいことを祈って日本海側に逃げるか、高い山岳地域に逃げるか、地下へもぐるかである。

外国避難は規制が強くすでに自由に行くことは困難であった。何よりも、津波は避けられても帰ってこられないのは明らかだ。

外国で家財もなく、氷の世界で永住するなどとても不可能であった。

しかし、一つでも二つでも困難を避け、生存への強い願いが外国への避難を促し、主に舟を使った手段であちこちの港や海岸線が継続されていた。


日本人は考えた。

日本海側への避難が一番たやすくできるが果たして津波は山を越えて襲って来ないか、日本海側の人達は外国へ避難した人が少ないため住む場所はあるのか、食料は大丈夫か、町が凍結した場合の暖房はとれるのか、発電所の電気の送電は継続的に大丈夫か、いやもっと心配なことがあった。それは天体の衝突ではじかれた膨大な量の海水が飛んできて日本海側を直撃し、広大な地域を破壊するとの研究結果もあったからだ。

いろいろな心配はつきなかったが最初の恐怖である津波を避ける一番安易なことは日本海側への避難であったため希望者は多かった。

山岳への避難者達ははたして厳寒地で耐えられるのか、しかも限られた面積でよい場所の確保ができるのか、しかも津波を避けることができても、その後どこへ行けばよいのか、住み着く場所はあるのか、困難は山ほど控えていた。

調査結果では地下避難で異変に十分耐え得ると結論づけた。

津波後の天変地異にも十分耐えられ、比較的温かい地下での生活は長期の生存を保証できるものであった。

何よりも力になるのは地下発電所は、津波には安泰で電力供給が可能との判断ができたことであった。

宇宙発電所の増設が計画された。

宇宙発電所が損害を受けた場合は、月基地より数基の代替設置が予定された。

比較的多くの市民が考えに考えた末、地下を選んだ。この情報は世界に広がった。

地下を選んではみたものの、地下でも無事、巨大津波を回避することができるのか、津波に避難所ごとさらわれやしないか、泥に埋まってしまうのではないか、津波が去った跡地は建物や道路など何もかも破壊され動きがとれなくなるのではないか、などの心配がつきまとっていた。何しろ津波の下をくぐるのだ。

国民の中にはどこにも避難したくない。どこへ逃げても結局は山ほどの困難が待っている。ここで死にたいなどと言う人が多数存在した。

そのようなこともあって、地下避難所は五〇〇〇万人分を用意することに決定した。

これは海外避難三〇〇〇万人、山岳部及び日本海側への避難三五〇〇万人と推測した結果であった。

地下避難の第一候補である現存の地下都市の調査を行ったが、ビル街の地下都市は、ビルの倒壊で大きなダメージを受けるため利用不能と判定された。

緑地帯の下に建設した地下都市は利用可能であったが、全土で数百箇所しかなく、収容人口は二〇〇万人程度であることがわかった。

さっそく地下都市と地下発電所の耐水改造工事が着工となった。

そして、新たに三〇〇〇万人分の地下避難所の建設が決定した。

まず第一に地下避難所の建設場所が地質学者の指導で選定された。地震、津波、洪水に強い場所が選ばれた。

地下避難所は人間一〇〇〇人と生活物資貯蔵庫を兼ねた地下ビル三〇〇〇戸を比較的居住地近くのよ

い場所を選んで建設することに決定した。

あらゆる建設工事は地下避難所工事に転じ、毎日穴掘りとコンクリート防壁が造られていった。セメント、骨材、鉄筋等も同様に昼夜兼行で生産された。

避難所の建設は、避難時の混乱を考慮して、市町村の地区ごとに割り振りし、現場監督は、割り振り担当の地区代表者があたった。

政府は避難については全てを市町村などの地区責任者の下に行動することを制定した。

避難時の手荷物は、短期間の避難であることから一人一〇キロと制限された。

大金持ちは自分で自家用避難所を建設していた。

大金持ちでなくても、家財を自分の屋敷内に埋めるため、穴堀作業が各家庭で一斉に始まった。

地下生活用の水食料及び衣料寝具、電磁波給電暖房器具など電気製品・燃料用水素、医薬品など必需品の製造も急ピッチで生産された。

そして、念の為地下避難所一戸に数台のブルドーザーも配備することになっていた。

もちろん、人間用だけでなくあらゆる物資の格納庫も付近に十分な量をもって建設することとしていた。生き残りの人間の物資を国力をあげて貯蔵することになった。

食料工場が増築され生産ラインが大幅に拡張された。自動車工場も缶詰工場に早変わりし作業員の缶詰作りは、自動車作りを凌ぐ真剣さで行われた。

これら作業に従事する者には優先的に避難所や食料物資が割り当てられ、仕事に従事する仕組みになっていた。

高地に移動するのが安全と考える者達はその準備にかかったが、混乱が予測されるため厳重な規制を報道するとともに、警察の規制が強化開始された。

熱心なキリスト教徒のなかには、旧約聖書の「創世記」に語られる「ノアの大洪水」の一節、「あなたは、糸杉の木で箱舟をつくり、箱舟の中に部屋を設け、アスファルトでそのうちそとを塗りなさい……。そして主は言った。あなたと家族はみな箱舟にのりなさい。……」の言葉を信じ箱舟を山の上に建造する者もいた。

日本海側への避難組は政府に指定された市町村へ、指定された期日に移動することとなった。

日本政府は人間の国外移動の前に、津波であらゆる物資が流失されるのを考慮し、物資の一時保管国を決定した。物資運搬は即刻開始されたが膨大な量になり長期の運輸が必要であった。しかし、非常の際には日本の物となるかどうか疑問であった。

7　襲来巨大新天体撃破作戦

火星都市と宇宙軍火星基地

西暦二五五五年第一次基地建設、その後二〇〇〇年にわたる拡張により、現在基地人口一〇〇万人、月面都市につぐ巨大都市である。当初は観測基地として建設、その後国連宇宙軍が編入したもので、基地隊員の宿舎きりなかったが現在では大都市に発展している。

透明なドーム型の建築物を中心に太陽光を効率的に吸収するため、カマボコ型の建物が幾重にも取り巻いて惑星都市らしさがいっぱいである。

ドーム型の建築物では農産物も太陽光と豊富な水資源で、豊かな実りを約束していた。

火星産物では美味しいものナンバーワンと折り紙付きの食品がある。氷の地下から発見された数百万年前に繁茂したとみられる藻類と、その藻類に大量に生息していたミジンコ類のゼリー状の堆積物である。

かつて広大な淡水湖に広範囲に生息していたようで、なんらかの理由で水が徐々に干上がり、藻類とミジンコ類の生息域が狭められて密集しそのまま気候の大変動で一気に凍結したと推測されていた。

これが専門料理人の手にかかると、地球でいう「燕の巣」以上の味で有名になり、わざわざこれを食べに火星まで旅行するお客が絶えない。

しかし、不思議なことにこの料理は女性はうまい、うまいと言うが男性はうまいと言って食べる人がいないのだ。理由はさっぱりわからない。

赤い星火星は女性の惑星なのである。

都市から数キロ離れた赤い岩に囲まれた恰好の地形に、国連宇宙軍基地があり軍一五〇〇人・中小型戦闘機一五〇機が配属されていた。

遠くでは自慢の長距離レーザー砲が三門、赤い岩の高台に配備され、夕日をあびて赤い光を反射させている。

火星基地は火力・戦力共に太陽系惑星基地随一の戦力を誇っていた。

そして、太陽の反対側には第二の小型太陽が明るく輝いていた。

何年か後には、もっと強烈に燃焼することだろう。

木星太陽と火星の距離は、五億五〇〇〇万キロ、火星と太陽の距離の二倍の距離に当たり、新太陽の表面は太陽の一〇〇分の一であるため、太陽の四〇〇分の一の光がとどくことだろう。

やがて、火星の気温が上昇し、氷原が解け出し海ができることであろう。

そして、植物や生命が芽吹くかもしれない。

火星

地球に次ぐ魅惑の惑星・火星、赤い大地は今日も強い風で赤い砂ぼこりを巻き上げている。

地表には太陽系最大の火山跡や河川・湖沼跡、砂丘を有し、極地には氷河がある。

南半球には大氷原があり、何億年後は太陽熱の増大で海ができる可能性がある。そして遠い時間をかけて生命の誕生もあり得ることだ。

赤道直径　　約六八〇〇キロ（地球直径の五三％）
体　積　　地球の一五％
密　度　　水を一とした場合三・九（地球五・五、木星一・三）
太陽からの平均距離　二億二七九〇万キロ（地球から七八〇〇万キロ）

公転周期　六八七日（太陽一周）
自転周期　二四時間三七分
大気圧　地球の一〇〇〇分の六
大気の主な成分　二酸化炭素
太陽の輻射量　地球の四三％
表面温度（℃）　平均温度摂氏マイナス二三度　赤道夏期摂氏二五度
表面重力　地球の三八％
地表面物質　玄武岩等
衛星数　二

国連宇宙軍作戦幹部、火星基地へ到着

地球暦・西暦五〇〇二年一一月一九日
国連宇宙軍作戦幹部を乗せた特別高速宇宙船は火星基地へ着陸した。
高速宇宙船は、気密バリヤにガードされた地下司令部へ誘導された。
国連宇宙軍作戦部長以下作戦幹部はオレンジ色に統一された戦闘服姿の火星軍基地司令官や高官が出

迎えるなか、国連宇宙軍高官の軍服姿も凛々しく、特別高速宇宙船を敬礼とともに下船した。挨拶もそこそこに作戦司令部へ直行し、作戦を基地幹部に伝令した。さっそく具体的な部隊編成を完了し、基地軍五〇〇人の集合した講堂で、作戦説明のあと各人へ命令がくだった。

天体の第一発見者は前に呼び出され、作戦部長と固い握手をかわした。基地軍一同は来るものが当然来たと認識し、緊張していた。

火星の原爆実験

間もなく、原子爆弾とロシア技術者が到着した。

原爆は梱包もよれよれでところどころ、うす汚れた黒い地肌を見せていた。みな核兵器のことは承知はしていたが、こんな重い古びた爆弾が役に立つのが信じられなかった。隊員が出迎えたが、あまりのみすぼらしさに一同啞然とし、本当に爆発するのかと、原爆技師に尋ねた。技師は答えた。「それはわからん、われわれとて実験したわけではない、理論的に大丈夫だと言うしかないな。ここで一個実験に使いたいがどうだ。地球ではできない。ここでやるしかない、起爆装置の接続やリモートコントロールによる爆破など、是非やらせてくれないか、実験しなけりゃ不安だ。なにせ三〇〇〇年前の代物だ」

みなあっけにとられた。

技師「急げ、急げで大変だった。大統領から直接の命令だ。至急便でよくここまで運んだものだ」

作戦を一任されている作戦部長の許可がおりた。時間はまだ十分ある。成功には実験が必要だ。九個の原爆で十分であると作戦司令部は判断した。

リモコンによる核実験は、北極の氷原上空で行うことにした。

戦闘機から原爆が投下された。

「ピカッ！」閃光がはしり、空一面が真っ赤に燃えた。

核実験は成功した。

酸素もなく大気が薄いため、きのこ雲らしきものは出来ず、火星表面の岩石と砂が舞った。爆発直下には大きな穴ができ、爆発力の威力に驚嘆した。

戦闘機への原爆搭載は手間取った。

なにしろ重量物を五個も固定できる場所がなかったのだ。いろいろガラクタを並べて固定し、原爆技師たちはブツブツ不平を言いながら、なんとか起爆配線に無線誘導リモコン装置を接続し組み立てを終わらせた。

出撃

西暦五〇〇二年一二月一〇日
基地内に戦闘機離陸のブザーがけたたましく鳴りひびいた。
司令隊長機、誘導機、原爆搭載無人機が滑走路に整列した。
三機編隊同時離陸で黒い星空に消えていった。
作戦幹部や基地隊員は基地兵舎作戦室窓から手を振って見送った。
天体遭遇まで三〇日の飛行のスタートをきった。

第二次恒星間宇宙旅行募集

恒星間宇宙旅行企画社・アメリカ本部

一次恒星間宇宙旅行募集はさっぱりであったが、報道後の第二次募集は一転し応募が殺到した。

旅行客の前に添乗員を決定しなければならなかった。

まず、設計製造に携わった優秀な技術者の確保である。

特に核融合炉は、画期的な技術の粋を集積した空間炉のため、直接製造指揮にあたった技術者は絶対的に必要であった。

また、宇宙船全システムのコンピュータ技術者も同様である。

これらの技術者の確保は国連総長自らが依頼した。

宇宙船パイロットは地球防衛軍や民間宇宙船パイロットから選抜した。

地球防衛軍はいざ宇宙戦争の場合は、当然軍人として勇敢に戦いを挑む戦士でなければならなかった。

当然、宇宙船には最新の兵器が装備された。特に長距離自動照準レーザー砲は、若い戦士には魅力的で、宇宙にでたらおれが試射するのだと意気込んでいる。

惑星へ輸送する地上兵器を十分積み込んだ。

民間人の乗船客、いや旅行三昧ではないのだから乗船員と言った方がいいかもしれないが、その乗船員の選出は、優秀な人材が自由に選出できた。

選出は、世界中の臨時出張所で行い、委託医師により健康度チェックが行われた。

特に男女学生や家族の応募が多数あり、その選出にうれしい悲鳴をあげた。

男子学生の熱心な希望により親が折れて応募した家族が大半を占めた。

全て男女が均等になるよう手配した。

宇宙でのロマンスが芽生えよう。そして、やがて宇宙二世も誕生しよう。未来への希望があった。


宇宙ステーションへの旅立ちは、西暦五〇〇四年一月一五日から開始と決定した。

三万人の移動は、宇宙船乗船での混雑を緩和するため分割して実施することとした。

天体衝突日の一か月前である。

乗船が決定した人々にとっては、最後の地球生活はあと一年あまりとなり、出発基地であるアメリカＮＡＳＡ基地周辺のホテルや仮宿舎の割り当てがあった。

宇宙ステーションへは、七〇〇人乗りスペースシャトルがピストン輸送することとなった。

原爆攻撃

地球暦・西暦五〇〇三年一月九日

火星基地を出発した天体攻撃隊は攻撃体制にはいった。

隊長機「間もなく遭遇する。速度落とせ、天体見過ごして後へつける」

隊長機「天体発見！　見えてきたぞ！」

音もなく姿を現し、目の前にぐんぐんと巨大化し、息苦しくなるような圧倒感で威圧しながらゆっくり飛び去った。巨大さゆえにすべてがスローモーであった。

誘導機「ウワー！　ネズミに食われたポテトチップスのおばけだ！」

隊長機「三機水平編隊で天体左側面、接近！」

隊長機「誘導機、搭載機を天体の中心点、側面中心点で天体との距離二〇〇メートルへ誘導せよ。近いから気をつけろ！」

誘導機「了解！」

隊長機「隊長機は五キロ離れる、搭載機をポイント点へ固定し隊長機側面へ移動せよ」

誘導機「搭載機は安定しました。離れます」

隊長機「隊長機は一〇〇キロ地点まで離れる！」

隊長機「誘導機、爆破よいか！」
誘導機「ポテト爆破準備よし！」
手に汗握る瞬間である。
隊長機「爆破！」
誘導機「爆破！」
隊長機「爆破！」
誘導機「爆破！」

隊長機「どうした！」
誘導機「爆発しません！」
隊長機「爆破！」
誘導機「爆破！」

誘導機「だめです。原爆技師が点検します。許可を！」
隊長機「よし！　再接近だ！」

誘導機「技師が搭載機に乗り移ります」
技師は搭載機に乗り移り機器点検を開始した。
搭載機「リモコンのスイッチが動作しません。電池ギレです」
誘導機「なに！　電池だと！　スペアはないのか！」
搭載機「ありません！　……持ってきてありません」
隊長機「……よし！　二番機にバトンタッチだ！　我々は帰還する。攻撃は出直しだ！」
搭載機「ここで爆破します！　離れてください！　爆破します！」
誘導機「やめろ！　戻るんだ！」
隊長機「戻れ！　まだ十分時間はある！」
搭載機「爆破します！　カウントダウン……九……八……」
誘導機「隊長！　やむを得ません。離れます！」
搭載機「…三……二……一……〇、爆破！」
「ピカッ！」と閃光を発し爆発した。

搭載機は真っ二つになり、下方へ流れるように天体を離れていった。核爆発ではなかったのである。起爆火薬の爆発であった。

しばらくして、天体下方で「ピカッ！」閃光を発し核爆発が起こった。隊長機と誘導機は爆風で吹き飛ばされた。

天体は何ごともなかったように依然と飛行を続けていた。巨体は微動だにしなかった。

火星基地でも一部始終を固唾を呑んで見守っていた。

緊張感がフーッと途切れた。

二五分後に隊長機からの報告通信を受信した。

隊長機「基地司令部、司令部、こちら攻撃隊長機、一次攻撃完了、爆破失敗、損失隊員二名、以上」

基地司令部「作戦部長だ、御苦労であった。帰還せよ。第二次攻撃に移る。天体の火星接近はまだ三〇〇日以上ある」

作戦部長以下参謀はそのまま作戦会議に移った。

「諸君、原爆による爆破攻撃あと一回だ、これより一〇日間の特別強化訓練を実施する」

「部長、地球の運命が掛かっています。原爆はあと四発あります。もしもの場合を考慮して二回に分けた方がよろしいのではないでしょうか」

「迷うな、科学者も加わっての結論だ。この一回で決着をつける！　四発同時爆破！」

「オー！」作戦幹部一同は意識を新たに行動を開始した。

第二攻撃隊は天体に遭遇していた。
隊長機「誘導機、爆破体制に移れ！」
誘導機「爆破体制に移ります！」
誘導機「爆破体制完了、爆破ヨシ！」
誘導機「爆破！」
「ピカッ！」閃光がはしり、天体中央部でみごとに爆破した。
隊長機「やった！　やったぞ！」
誘導機「成功だ！　成功だ！」
天体には爆発の高熱による痕跡が黒く焼けただれたように残っていたが、天体の飛行には何の変化も現れなかった。ただ悠然と飛行を続けていた。

隊長機「火星基地、こちら攻撃隊、爆破成功！　次の指示を待つ」

四〇分後に基地作戦部長の指令が届いた。

基地司令部「作戦部長だ、成功おめでとう、よくやった。攻撃隊は天体観測飛行を続けよ。異常があったら連絡せよ。映像はそのまま電送を続けよ」

隊長機「火星基地、こちら攻撃隊、天体異常なし、まったく変わりありません。失敗でしょうか、司令殿！」

基地司令部「作戦部長だ、あわてるな！　火星まで丁重にご案内せよ」

隊長機「火星基地、こちら攻撃隊長機、天体に異常あり、天体に異常あり、進行方向中心部に、前後を二分するキレツ発生、キレツ発生しました」

基地司令部「作戦部長だ、キレツは核爆発部で出来たのか」

隊長機「核爆発部より五〇キロ前部であります」
基地司令部「よし、観測継続せよ」

基地司令部

作戦部長「朗報だが、キレツ発生をどう分析するのか？」
観測隊長「最終的には軌道のズレにより判断しなくてはなりませんが、現在考えられるのは、もともとキレツはあったと思われます。中心部での核爆発により、天体中心部に圧力がかかり、キレツ部分の後部は軌道を変え始めたのではないでしょうか」
作戦部長「ということは、核爆発のあった後部しか軌道は変わる見込みがないということか？　だとすれば、朗報ではないな！」
観測隊長「結論が早すぎます。天体全体の軌道も変わっていくかも知れません。とにかく、今後の軌道観測を綿密に実施することです」
作戦部長「観測隊たのんだぞ！」
隊長機「火星基地、こちら攻撃隊長機、キレツが拡大しています。天体は密着していますが、キレツは数百メートルの天体のずれが深まっています」
基地司令部「作戦部長だ、こちらの観測でも、キレツ後部の天体は軌道を変えているようだ！　天体前部に火星基地の総力をあげて攻撃するので指示を待て！　目標は半分になったぞ！」
隊長機「了解！」

再び基地司令部

作戦部長「第二次攻撃の体制を確立せよ！　目標は天体破壊だ！　敵の半数は撃破した！　ところで、火星基地自慢の長距離砲を使えないのは残念だな、地上攻撃隊長殿よ。長距離砲の射程距離は無理のようだな？」
地上攻撃隊長「残念ですが、遠くて無理です。砲の射程距離では無理です！　しかし、作戦部長、長距離砲を攻撃機に搭載すれば攻撃可能ですが、如何でしょうか」
作戦部長「えっ、それは可能かね？」
地上攻撃隊長「やってみる価値はあります。分解して運び、組み立てます」
作戦部長「だが……、砲がでかすぎる。攻撃機は発射に耐えられまい？」
地上攻撃隊長「しかし、やってみる価値はあります！　新型宇宙船へ搭載する大型砲は建造が間に合わないと聞いていています。部長！　やってみましょう」
作戦部長「そうか、よし！　やってみよう、たのんだぞ！」
(覚悟はできているようだな……とつぶやいた)
地上攻撃隊長「ハハッ！　準備開始します！」
(敬礼し、室外へ出ようとした)
作戦部長「隊長！　もう一つ頼みがある。砲を一基、月へ運べないか？」
地上攻撃隊長「と言われますのは？……」
作戦部長「うむ……月面基地強化だ。万が一のためにな……」
地上攻撃隊長「で、出来ます。やります。私に月で打たせて下さい！　私の砲です！」
作戦部長「時間はある。やってくれ！」
地上攻撃隊長「ハハッ！」

@火星軍第二次攻撃
第二次攻撃軍は、作戦部長の訓示と出撃命令を受けた。
作戦部長「諸君！　目標は半分になった。総員の勇猛果敢な攻撃により、必ずや撃破できると確信する。地上攻撃隊は、いてもたってもおれず出撃したいとの強い希望があり、攻撃隊へ加わった。どでかい砲を持ち出し、既に配置についている。後は思いっきりやるだけだ。検討を祈る！　出撃せよ！」
攻撃隊長「第二次攻撃の作戦を再確認する。よく聞いておけ！　天体は二つに割れた。飛行方向の後部の天体は、もはや敵ではない。地球への軌道を外れた。前部の天体が敵である。二つになったとはいえ、でかいぞ！　一〇〇キロだ！　攻撃目標点に、発光点滅の印を付けた。発光体に向けて攻撃すればよい。敵の心臓部にあたるところだ。わかったか！」
戦闘機隊、一五〇機は次々に飛び立っていった。砲台では長距離砲が二門外され、残された一門だけが、役目を果たせず虚しく砲門を空に向けていた。
攻撃隊長機「長距離砲搭載機に接近、これより敵攻撃点まで同飛行します」
攻撃隊長機「敵接近、攻撃目標点の側面二〇キロ地点を平行飛行します！」
攻撃隊長機「攻撃編隊完了。目標点の光の点滅がはっきり確認できます！　地上攻撃隊長機による攻撃を開始する！」

地上攻撃隊長機「地上攻撃隊長機！　攻撃開始！」

一機は、編隊を離れ、攻撃に移った。

目標へ一〇キロ地点で長距離レーザー砲発射のボタンをオンした。

地上攻撃隊長機「発射！」

地上攻撃隊長機は砲の発射衝撃に耐えられなかった。

発射と同時に機は破壊爆発した。発射レーザーは目標を大きく外したが、天体の端を数キロ吹き飛ばした。

攻撃隊長機「地上攻撃隊長機の仇討ちだ！　全機攻撃開始！」

全機が次々に怪物の心臓めざして、突っ込んでいった。

しかし、戦闘機によるレーザー砲での天体攻撃は戦果がなかった。

天体は微動だにしなかった。何事もなかったように悠然と飛行を続けていた。

攻撃隊長機「基地司令へ、攻撃機のレーザー砲攻撃は完了しました。天体はでかく手に負えません。残念ながら帰還します！」

作戦部長「作戦部長だ、御苦労であった。作戦本部を月面基地に移動する。わしは先に月面基地へ飛ぶ。攻撃隊は燃料と砲の補給を行い、付いてこい。月面基地で防衛軍最後の攻撃を行う！　以上！」

攻撃隊長機「攻撃隊長機、了解！」

攻撃隊の火星基地補給中、天体が二つ遠い宇宙空間を飛行していくのが、太陽光に反射してはっきりと見えた。

早く補給を完了させ、月面基地へ先回りしなければならない。天体は地球引力に引かれて今後スピードを上げるであろう。

天体の地球到達はあと三〇日である。

地球脱出準備

国連宇宙軍アメリカ中央基地

惑星クリアへの恒星間宇宙旅行の旅立ちもせまっていた。

世界各地から当地へ集合していた当日出発の旅行客が、基地集合場所へ続々と集まってきた。

案内板も、案内のスピーカーも全てお客様と呼んでいたが、もはや旅行客ではなく、悲壮感漂う避難民となっていた。

お客たちは、親子連れ、恋人同士、学生仲間、学者、スポーツ選手など、思い思いの服装に身をつつみ、一番大切な物を手に、不安そうな顔で集まってきた。

国連宇宙軍の火星基地による、天体攻撃でかなりの戦果があったが、依然として大型天体の地球衝突は避けられないとのニュースを、みんな知っていた。

その上、天体のスピードが速まり、衝突エネルギーが増大することも知っていた。

みな、本当に夢の別世界に到達できるか、本当にそんな世界があるのか、との不安が、一層恐怖心をあおり顔がこわばっていた。

そんな空気の中で、小さな子のはしゃいだ笑い声が、みんなの緊張をほぐした。

お客達は、自分の乗船パスポートを大事に抱えていた。

乗船パスポートには、身分証明書や乗船場所、乗船後の役割などが記載され、指定のスペースプレーンへ乗船すれば、指定の宇宙船クリヤ号の乗り込み位置に到着することになっていた。


広い基地では、惑星基地行きスペースプレーンがそれぞれの目的地に向かって、次々にスタートしていた。太陽系惑星への旅が決まった幸運者達は、やがて地球へ戻ることが約束され心の余裕があった。

恒星間旅行のスペースステーション行きスペースプレーンは一〇船で1号リニヤ発射台のレールに一列に並んでお客の乗船を待っていた。

スペースプレーンは、四往復で二万六〇〇〇人の乗客を輸送をすることとしていた。
月面基地上空のスペースステーションでは、最新鋭超巨大恒星間宇宙船クリヤ1号、2号が、全ての準備を完了して、乗務員も勢ぞろいしてお客の到着を待っていた。
技術陣自慢の核融合炉は快調で、数回の試運転は大成功をおさめていた。
天体の地球衝突四〇日前、クリヤ1号船に七〇〇名が乗り組んだ。
コンピュータは、天体の地球衝突予測データを次のようにアウトプットした。
衝突時間・現地時間紀元五〇〇四年二月一日午前七時二〇分
衝突地点・西経一六五度二〇分、北緯一〇度、太平洋上に衝突
衝突地点の水深・五〇〇〇メートル
衝突地点の地殻厚・五キロ
地球突入速度・秒速二〇キロ、衝突角度七五度
衝突時の天体の大きさ・最大径八〇キロ、厚さ三〇キロ
地球突入時の摩擦熱により、天体はほぼ一〇%を焼失
地震・現地マグニチュード一〇以上、一〇〇〇キロ地点で震度七以上
津波の大きさ・衝突点より一〇〇〇キロ地点で一千メートル以上

津波の速度・時速八〇〇キロ
海水降雨期間・数十日間地球全地域に降雨
降雨災害・世界各地で大洪水
地球を覆う粉塵滞留期間・数年~数十年
衝突一年後の地球平均気温・マイナス一〇度以下

地上避難民たちの避難活動

太平洋上のハワイや散在する各諸島は、すでに全市民が大陸に避難し、無人となっていた。主人を失った犬、猫、家畜たちは、特にさびしげもなく、自由に歩き回り、餌を求めて気楽に食料豊富な商店めぐりでぶらついていた。

アメリカ・カナダ・南アメリカ西岸、日本、東南アジア諸国、ニューギニア、オーストラリアなど、太平洋沿岸各国は避難民対策に依然として苦慮していた。

特に、日本や東南アジアで大陸を持たない諸国は、大陸逃避が外国となるため、安全地帯への避難は困難を究めた。

日本では、やむなく考えついた、地下避難所建設の進捗は極めて悪かった。資材不足や労働力不足が重なり遅々として進まなかった。

地下避難場所への入居可能な市民は、半数にも満たない見通しとなった。出来上がった避難所には、土砂に埋もれた場合のテレビカメラ付き可動式標識の鉄の棒が二本、三〇メートルほど地上に突き出ていた。ブルドーザーも数台格納された。

行政当局は、市民の避難方法は自由にまかせるより他なかった。

地下避難所へ入居できない者は、やむを得ず日本海側へ避難することとなった。津波が小さければ日本列島をつらぬく山脈が防壁となり津波の影響は回避でき、地下避難所より安全であった。日本海側への避難者は、大雪のなか市当局の案内で海外への避難者宅へ、持ち主の了解も得ず住み込んだ。

日本海側の地下避難所への避難は、太平洋側からの全避難民を迎え入れる余裕はなかった。

高山への避難が一番安全と判断した者は、大事な財産を満載した家族連れマイカーで、続々とよい場所めざして移動し、すでに山は満杯であった。

政府もドローンで燃料・水・食料の運送にあたっているが、十分な補給は出来なかった。

自宅付近の地下避難所への避難が決まった人達は、悠然とコタツで酒をいっぱいやりながら、地球衝突をテレビで見てから避難しようなどと呑気なことを考えている者もいた。

資金のあるものは、いつの間にか外国に逃避していた。外国に避難した人の数も相当数にのぼった。

外国への脱出には、空路については規制が厳しく正規の国際ルール以外の脱出は不可能であったが、船舶による脱出は取り締まりなど出来るはずがなく、金の亡者たちは、迫り来る災害もなんのその、古船を購入して密航を手引きし大金儲けをむさぼっていた。

もっとも、彼らは自分の避難場所はとうに確保し、大金を災害後に何に使おうかと頭を悩ませていた。

避難民たちは、外国へは来たものの、地元住民の奥地への避難と重なり、港や町中はごったがえしていて、あちこちで争いごとが繰り返されていた。

奥地への避難には、脱出国からの手配で運送車両が準備されているはずであったが、予定を上回る脱出者数のため、とても整理がつかず、麻痺状態であった。

しかたなく、みんな思い思いの行動で解決し、奥地へ、奥地へと流されていった。

世界のあちこちの恰好な山には、ノアの箱舟が出現した。

幸いなことは、二〇世紀に発生した内戦による幾多の避難と異なり、飢えや持ち物に貧困はなく、ただ、みんな慌てふためき先を急ぐことのみであった。

最後の天体攻撃

月面基地

集結した月面基地の全攻撃機五〇〇機がロケットエンジンを始動させていた。

片隅に長距離レーザー砲が据え付けを完了し、砲身は天を仰ぎ敵の来襲に備えていた。

司令部講堂では作戦部長が月面基地隊員を前にして、攻撃作戦を訓令していた。

作戦部長の軍服姿がいつもと違って戦闘服であった。

「今回の作戦は最後の攻撃である。敵は二つに分断し、一方は地球への衝突を回避させることができた。敵の破壊は大きすぎて困難が伴うが、何としても我が地球への突入は回避しなければならない。火星基地で三回の攻撃をやって来たが今回は攻撃方法を変更することとする。天体の端を攻撃して破壊し天体を縮小化させる。月面基地からの長距離レーザー砲で攻撃する。射程距離へ入ってから攻撃する。射程距離に入るのは明日の朝六時である。レーザー砲での攻撃目標は天体最前部をねらうので注意しろ。攻撃隊は天体の中央上部を破壊せよ。わしも行く。以上だ、質問はないか」

月面基地の全攻撃機五〇〇機は次々に飛び立っていった。

隊長機「目標に接近、天体の一方は大きく離れ地球への軌道は外れたことが肉眼でハッキリ確認できるぞ！　攻撃！　俺についてこい」

天体の端ねらいは成功であった。攻撃ごとに天体の破片が美しく飛び散っていった。

いよいよ月面基地からのレーザー砲の射程距離に入った。

戦闘機はいったん待機した。

レーザー砲の光が遠い月から放たれてきた。オレンジ色の光の束の美しい残像の尾を引きながら天体に到達した。

狙いは正確で天体前部の岩盤に命中し、数百メートルの岩盤が吹き飛んだ。

砲はエネルギーの続く限り発砲した。

正確な狙いをかいくぐるように戦闘機による攻撃も激しくなった。


月世界から眺めるレーザー砲の発射は美しかった。

天体は戦闘機の攻撃をハッキリと見ることができるまで、月に接近した。

住民は花火を見る感覚で見物していた。

ときどき、レーザー砲の発射による振動がビリビリと足元に感じられた。

レーザー砲の弾道光が漆黒の宇宙の彼方に吸い込まれて行くさまは、花火より不気味な美しさがあった。


戦闘機の天体攻撃の光と岩盤の砕け散る炎が天で開く花火の花びらのようであった。

やがてレーザー砲の射程距離を離れ地球へと一段とスピードをあげて突進していった。

戦闘機の攻撃は激しく最後の力をふりしぼって戦った。

隊長機「こちら隊長機、みなよく頑張ってくれた有り難う。深く敬意を表します。基地へ帰還せよ！」

隊長機は最後の言葉を残して天体に吸い込まれていった。やがて天体で炎が上がった。

副隊長機「隊長！　……隊長に敬礼！　……帰還！」

天体は地球人を満載した宇宙ステーションをかすめ巨大な流星のように地球大気圏へ突っ込んでいった。

宇宙ステーションには高感度テレビカメラが備えられ太陽系惑星向け、宇宙ステーション向け、宇宙船向け、そして地球に向けて実況放送をしていた。

恒星間旅行の超大型宇宙船クリヤ1号・2号の船窓からも天体の大きさに驚きながら固唾を呑んで見

守っていた。

避難所と人間

地下都市住民と、地下都市へ割り振りされた付近の住民は快適な生活を継続していた。真昼のようなライト、ここちよいエアコン、レストランも開業し都市の生活は維持され、これから地球の危機が来るなど考えられないような雰囲気であった。

一方、地中避難所の人々は、みじめであったがどうにかこうにか自分の穴ぐらを確保していた。恐怖と不安で犬に追われたモグラのごとく穴の中でじっと耐えていた。発狂する者が続出した。医者はいるのかどうかもわからなかった。名乗る医者などいなかった。医者とて医療のしようがなかった。

地下避難所では地下発電所や宇宙発電所からの電磁波送電により給電は確保され所内環境は良好だが近づく異変に耐えられるかどうか不安で重苦しい雰囲気につつまれていた。

避難所用外情報モニタテレビと衛星テレビとが放映され、世界各地のニュースなどにくぎ付けになっていた。アメリカが一番だ、行けばよかったなどと言い争いが絶えなかった。

テレビ中継は、天体攻撃の戦闘機から、宇宙ステーションから、地球の山上から、航空機からとネットワーク網が構築され、天体の動きは手に取るようにハッキリ見物することができた。

「あのでかいのがぶつかるのか！　もうだめだ！」

「うるさいぞ！　臆病者は出ていけ！　聞くに耐えん！」

「強がり言うな！　バカヤロウー！」

「なんだと！　おもてへ出ろ！　大バカヤロー！」

パーン！　パーン！　とピストルを発射する者がいた。みんな静かになった。

避難者の全てが食い入るようにテレビに釘付けになっていた。

突然カップラーメンのコマーシャルがボリュームいっぱいで流れてきた。

「バカヤロー！　ラーメンに火を付けろ！」避難所には製造三〇〇〇年を誇るカップラーメンが山積みになっていた。

8　巨大新天体地球衝突

天体は最大径九〇キロと縮小したものの巨大であった。

直径一〇キロの天体衝突は地球全体に生息し、地球を我が物としていた恐竜を絶滅させたが、こんどは同じく地球を我が物として傲り昂ぶる人類を全滅させようとしているのだ。

地球は誕生以来四六億年、いま危機を迎えた。生命の危機であった。

それは地球を新たに蘇らせるために神が与える試練かも知れない……と、皆は思った。

現地時間西暦五〇〇四年二月一日午前七時二〇分
天体は秒速二〇キロの超高速で太平洋上の大気圏へ突入した。
突入するや否や巨大な天体の先端部は、大気が超高圧に圧縮され一万度を超える超高温に達し太陽光をはるかに超える閃光で発火し噴煙を従え突入した。夜明け前の地域では東の空が真っ赤に輝いた。同時に大気にソニック・ブーム（衝撃波）が発生し、数十秒遅れてドーンという地球を揺るがす大衝撃音が地球全体に鳴り響いた。おそらく地球始まって以来の衝撃音であろう、強圧力エネルギーの衝撃は地球全域に拡散し太平洋沿岸国では、簡易な建築物は根こそぎ吹きとばされ、すべてのビルの窓ガラスを破壊した。野外犬などは衝撃波をまともに受け数十メートルも吹き飛ばされ絶命した。

衝撃波は地球を駆け巡り、地球を一周して再び舞い戻り雷鳴を幾重にも響かせるように暫くは鳴り止まなかった。

天体表面は溶け、また表面爆発で飛び散りながら太平洋に突っ込んだ。天体は最大径八〇キロ程度に分解焼失していたが、巨大なため四秒程度のスローモーションで吹き上げた海水の影に埋没していった。と同時に海水との接触で急激な温度変化が起こり大爆発を起こした。

瞬時に天体は地球の地殻に激突した。秒速二〇キロの速度は火薬使用の機関銃弾の発射初速の一〇倍の速度を超えており、超高速での衝突エネルギーは桁違いに大きく岩石をも塵にしてしまう程の威力があった。

天体は厚さ五キロの海洋下の地殻を突き破りマントルに達していた。地球史上かつて経験のないビックバンを思わせる大爆発を起こし、膨大なエネルギーが岩盤と海水を蒸発させ、巨大なきのこ雲となって舞い上がった。

きのこ雲は大気圏をも貫き、見物していた幾つかの宇宙ステーションを吹き飛ばした。

これは、天体衝突でぽっかり開いた太平洋の数百キロの巨大な穴から立ち昇った。大量の塵と、海水と、水蒸気は天に昇る竜巻のように、巨大さゆえにゆっくりとした姿で、長時間にわたり大気圏に立ち昇って行った。太平洋中心部への衝突のため陸地と遠く、地球規模の森林火災は避けられた。

膨大な量の海水と水蒸気と岩盤の塵は成層圏まで打ち上げられ、みるみるうちに地球を太陽のない世界へと覆い隠していった。

インパクトウインター（衝突の冬）の始まりである。

＊地球大気への超高速落下物体の炎上は摩擦熱によって起こるのではない。落下物により先端部の大気が超高圧に圧縮され、気体の分子同士が激しくぶつかり合い高熱が発生し発火するものです。（エアコンの冷暖房は冷媒ガスを圧縮して熱を作り、圧縮を解放して熱を奪い冷却する原理を応用している）

＊衝撃波とは、大気中の飛行物体や爆発などの膨張速度が音速（秒速三四〇メートル）を超えると強大な圧力の衝撃波（爆発の場合は爆風波）が伝播する。その後、波が減衰し音速になると大きな音波「ドーン」の爆発音になる。

膨大な衝突エネルギーは地震波となって、秒速数キロのスピードで全地球へ拡散していった。

海底地殻には直径数百キロの巨大クレーターがつくられた。


海水による魔の手がのびた。

海洋への突入により、地球進入角度の反対面の日本方向へ向けて最も大量に膨大な海水の塊を弾き跳ばした。弾き跳ばされた水の塊は地球を回る衛星の軌道に乗ったものや数万メートル上空をさながら大陸間弾道弾になって数百、数千キロ先の落下地点に向かって超音速で飛行を開始したものがあった。

巨大天体の海面突入によって、深さ五〇〇〇メートル、幅数百キロの膨大な海水の大部分が逃げ場を求めて動いた。そこは考えられない超高圧の世界である。

突入で吹き飛ばされた外側の押しつぶされ超高圧となった大量の海水は四方の海水へ押しやられた。

押しやられた超高圧の海水は、突入した周囲の海水を海の深さと同じ高さほど盛り上げた。

同時に、激突した天体の大爆発の爆風は四方の大量の水を押し退け、同様に海水を盛り上げることになった。

盛り上がった海水はクレーターのように直径数百キロの丸い円を描いた。円の外側部は津波源となった。

高さ五〇〇〇メートル級の巨大津波源が形成され津波第一波が誕生した。

丸い円の第一波の巨大津波は二〇〇〇メートルを超える海水の山を形成し、環太平洋諸国へ向かって猛烈なエネルギーを温存しながら進撃を開始した。

天体突入によりぽっかり開いた円の中は海水をはじき跳ばしあるいは吹き上げてしまったため、岩盤の塵で充満はしていたが海水のない空洞状態を形成した。

空洞となった領域には四方から大量の海水が大瀑布となって流れ込んだ。

勢いよく流れ込んだ海水は領域を満たす水量をはるかに超えてしまったため、中央部で海水の山を形成しそれが津波第二波を形作った。

丸い円の第二波巨大津波は一〇〇〇メートルクラスの海水の山を形成し、それより少し小さい第三波、第四波と幾つもの津波の仲間を従えて、第一波を追い掛けるように進撃を開始した。

津波第一波は、まずハワイを撃破しアメリカ西岸サンフランシスコ、ロスアンゼルスを襲い、三〇〇キロ奥のシエラネバダ山脈へ駈け登ったがその壁に進行を阻止された。押し寄せる波にセントラルバレー地域は巨大な湖となった。第一波の海水が海に戻り切らない内に、第二波が、第三波が次々に押し寄せた。

サンフランシスコは、都市の痕跡をまったくとどめることなく消滅して去った。

メキシコ、カナダ、ロシアのカムチャツカ、日本、太平洋諸島を越えてニューギニア、オーストラリアへと到達した。

中国上海など東シナ海沿岸、台湾、フィリピンを直撃した。

中央アメリカ諸国も突破した。パナマ運河では狭すぎた。キューバなど大アンティル諸島はひと飲みし、アフリカ西岸、ポルトガル、スペイン、フランス、イギリスへ進撃していった。

シミュレーションどおりの全世界規模での津波災害となった。

取り残された人、動こうとしなかった人々もみな犠牲になった。

天体衝突と地下避難所

宇宙ステーション観測所から放映される激突の模様の映像を地下避難所のテレビは鮮明に映しだしていた。

ドーンという大気圏突入の衝撃波が地下避難所まで到達し、びりびりと壁を震わせた。

テレビ画面での激突の瞬間とほぼ同時であったため、キャーという悲鳴があちこちからあがった。

大気突入で燃える巨大天体が太平洋に突き刺さった瞬間、吹き飛ぶ海水、激突の超大爆発、こじ開けられた直径数百キロの巨大な海洋の穴から吹き上げるどす黒い煙とその中に見えかくれするオレンジ色の炎の巨大な柱のきのこ雲、巨大津波の発生などの現実を、地下の穴ぐらで見る恐怖は想像を絶する恐ろしい経験であった。

そして、恐怖の第一波、地震の到達を待った。数分後、ズズーン！　と地下避難所が衝撃を受けた。グラグラと大きく横揺れが動いた。モグラが犬の攻撃の恐怖に脅えるように、じっと堪えた。潜水艦が敵の爆雷攻撃の恐怖に脅えるように、抱き合って堪えた。

地震が収まり、次の恐怖を待った。津波だ。恐怖の本番を迎えた。

津波は、単なる海面の上下運動の波とは違い、海水そのものの移動である。そこには計算不可能な破壊エネルギーを満載していた。そして沿岸の大陸棚の浅瀬に到達する津波のスピードは数分の一に減速するが、高さは倍加し上陸地点の奥深くまで進入し、山々を突破するエネルギーがあった。

八時間三〇分後に日本沿岸到達見込みである。

やがて、ゴーという地響きが伝わってきた。七時間しか経過していない。津波は予測をはるかに上回ったスピードで到達した。

沿岸に到達した津波は高さ一〇〇〇メートルをはるかに超え、ぶ厚く膨大な海水の壁は全太平洋沿岸に達していた。

巨大な津波は都市も田畑も全てを一瞬で飲み込んだ。全ての建造物をなぎ倒し、田畑をえぐり、丘陵を破壊しながら襲ってくる地響きが伝わってきた。

そして、ゴーという凄まじい地響きが頭の上で唸り上げた。

先に到来した地震の恐怖と比較にならない恐ろしい津波の凄まじい地響きと振動は頭上から去らなかった。

第二波、第三波と次々に襲来しゴーという地鳴りは長く長く続いた。みんな長い長い時間を神に祈りながら懸命に堪えた。

みんな抱き合って、恐竜の腹の中にでもいるように堪えた。

避難所のなかには不幸にも波に掘り起こされて呑み込まれて行くものもあった。

次々に襲来する津波は日本列島中央山脈によってほぼ阻止されたが、太平洋側の地上の全てが消失した。地下都市も二〇パーセント破壊された。

やがて、津波の恐怖は去った。そして、人間が蟻のようにぞろぞろと穴から這い出して来た。持ち込み禁止のはずの飼い犬も出てきた。

這い出た人々は両手を広げて太陽を仰ぎ、生きている喜びを全身で感じた。

「ヤッター！　助かったぞう！　バンザーイ！　助かったぞう！」

「太陽だ！　太陽があるぞう！」

人々は抱き合って喜びを味わったのも束の間、ポツリと大粒の雨が額を濡らした。

計画どおりブルドーザーを駆使して次の災難である洪水に向けて土地の整備を開始した。

地下核融合発電所からの電気の送電はＯＫだった。宇宙からの送電も受電できた。水は避難所の下に掘ってある井戸から豊かに供給された。

後は何年生きられるか。氷の世界はいつ始まり、何時まで続くのか、皆は承知していたが、今はそんなことより、第一の試練を乗り越えた喜びでいっぱいだった。

「よし、これで日本海側や世界へ避難した人より安心して暮らせるぞ」

「ちがいない！」「穴んなかは温かいぞ！」「氷の世界、来てみやがれ！」

自分達だけがこれから生きていけると感じているようだった。

やがて、海水の雨で大洪水となるだろう。そして太陽が隠れ、氷の世界となるだろう。

乗船

天体衝突の模様は、月からも、宇宙船クリヤ号からも、地球を回る宇宙ステーションからも、地球上の太平洋沿岸国でもハッキリと見ることができた。

太陽系宇宙のすべての人々が見守っていた。

涙を流し、地球へ帰れるのはいつの日かと思案した。

宇宙船クリヤ号の指令室の窓からは幹部乗組員達が、乗り組み終わった乗客達が、眼下に広がる地球の困難を瞬きもせず、手に汗を握って食い入るように見つめていた。

そこには、ミスター・山本ジローとミス・キムの姿もあった。

「キム、とうとう……現実となってしまったね」

「ジロー、怖いわ。……抱いて」

「私たち、……帰ってこられ……ない……」

皆の目に涙が光った。ポーニャはキムの胸に顔をうずめ震えていた。

宇宙船クリヤ号は乗客を全て収容し終った。

核融合エンジンは、青く燃えるプラズマの炉壁を透して超高温の中心核部を赤く見せ、漆黒の星空の中に浮いた巨大な姿が不思議な美しさを演出していた。

核融合炉の発電は快調に船内電力を供給し、船内はビル内の照明とまったく同様に煌々と輝き、乗客たちの不安な気持ちを和らげる役目を果たしていた。

宇宙船クリヤ号は船団長の指令する出発のゴーサインを待っていた。

9　さよなら地球・銀河の旅

西暦五〇〇四年二月一一日

月面基地の恒星間宇宙旅行船クリヤ号の乗客達は、地球の大異変を目の当たりにして自分達の地球脱出の選択は正しかったのだと自問自答した。大津波は我が家を呑み込み破壊させたろう。地下避難所の人達は今頃どうしているのだろうか。地球に残された人々の地獄の苦しみが脳裏をかすめた。さよなら地球。いとしの星よ、さようならー。大粒の涙が瞼にひかり、あふれる滝となってほほをつたった。

皆、泣いた。むせび泣いた。声を上げて泣いた。

さよなら地球。人々の胸には人それぞれの想いが去来し泣いた。

美しかった故郷の大自然、楽しかった家族や友達、思い出のひと。忘れられないひと。

「さようなら地球。さようならおかぁさん、お父さん」

何度叫んでも、叫びきれない別れであった。

さよなら地球。「私好きよ。大好きよ」「わたし、必ずもどってくるわね」

「あなた、戻りましょ、いきたくないわ。ねえあなたぁ。エーン」

宇宙船クリヤ号の補助ロケット（化学燃料ロケット）が点火され無音の宇宙空間を静かに発進した。乗客にもロケットエンジンの始動振動は伝わってこなかった。

核融合炉も順調で青白い光が、美しく暗い星空に映えていた。

ときどき炉壁のバリヤから強烈な光が漏れ、ロケットの排煙に輝いた。

乗客達は船団長のゴーサインと挨拶をテレビ放送で受信した。船団長はＮＡＳＡ副長官のカーター氏が着任していた。

「船団長のカーターです。皆様は幸運にも本船に乗船することができました。地球は苦難の真っ直中にありますが皆様はこのような快適な環境の中にあるわけです。本船は快調そのものです。しかし、未知の世界への旅立ちです。いろいろな困難が待ち受けているでしょう。皆さんと一致団結して困難を乗り切り、素晴らしい明日の世界を建設していこうではありませんか。一人ひとりが自分の任務をしっかりと認識し、責任を果たしてほしいと思います。ご案内のように、私の任務は国連で承認され、二船の運行に責任を持つ船団長の役目ですが行政の長ではありません。一年後には行政の長を皆様で選ぶことになっていますのでそれまでは私が船内生活の全てのご案内をするよう指示されてまいりましたのでどうぞよろしくお願いいたします。皆様、約一五年の宇宙の旅を楽しく、そして皆で助け合って素晴らしい旅にしましょう。レッツゴー・トウ・クリア！」

乗客達はそれぞれ自分の役割を十分承知し医者、先生、農林漁業、工場等の配置に就いていた。船内生活は地球時間に合わせ昼と夜を区別した。

既に地球は見えなくなっていたが、木星は遠くで明るく輝いていた。

船内テレビニュースに地下避難者の遭難三〇％との情報が流れた。

宇宙の旅

宇宙船クリヤ号は順調に宇宙空間を飛行した。人々の気持ちも地球から離れ、行き着く先の心配へと変化した。化学燃料の補助ロケットは秒速三〇〇キロで光子ロケットに切替えられた。

光子ロケットは振動もまったくなく安定し快適で、発する音も聞こえず、推進光も船からは見えなかった。

山本とキムは船団司令部の船外観測班が任務であった。

また、異星生物「ポーニャ」の観察も重要な任務であったし、「ポーニャ」の観察を参考にした「異星での人間生活」が研究テーマでもあった。

「ポーニャ」は自然林の一角に住居を与えられ満足していた。

光子ロケットは順調に加速し一年経過で光速の七七％に達していた。

地球では一年半が経過していた。

光速の七七％の安定飛行に入った。時計は地球時間より四五％程度遅い時間で進んだ。

特殊相対性理論のスピードと時間の関係

超高速で運動する物体の時間は、いわゆる「浦島効果」によって遅れる。

実際の高速ジェット機による時速一〇〇〇キロの一〇時間飛行で測定の結果、相対性理論の計算結果と一致した。一億分の二秒の遅れであった。

光速の八七％のスピードで三〇分進む場合、地球では一時間経過する。

光速に近づけば近づくほど時間の遅れは著しくなってくる。

○ここに、Ａ・Ｂ、二機のロケットがあったとします。二機は全く同じ作りで床から天井に光を放つ装置があります。Ａ・Ｂ両機とも同時に床から光を放ちました。同時にＡ機は光速で発進しました。Ａ・Ｂ両機に乗っている人には、光は同時に天井に届きますが、Ｂ機に乗っている人がＡ機の光を見ると、高速で発進したわけだから光は天井に向かっているが斜めに進んで見えます。斜めに進むということは、光の進んだ距離は長いことになります。ここで「光速度不変の原理」により「光の速さは変わらない」のだから、Ｂ機ではＡ機より時間の進み方は速いことになります。言い換えれば、Ｂ機から見れば、運動しているＡ機の時間の進み方は遅いのです。

光速に近い速度で走っている物体から光を発射しても光速は二倍にならず光速のままです。逆方向に発射してもやはり光は光速で進むのです。つまり観測する人がどのような運動をしていても変化しないのです。これが「光速度不変の原理」です。

電車に乗り反対側に走る電車が発進すると、自分の方が動いた錯覚を覚えます。このように運動というのは、互いに相対的なものであるとの考え方が相対性原理です。

アインシュタインの「特殊相対性理論」は一九〇五年に発表されましたが、この「相対性原理」と「高速度不変の原理」を基礎としています。

飛行一年を迎えるに先立ち、クリヤ市長選挙戦がくり広げられた。二人の立候補で選挙が争われることになろうとしたが、スタートする直前に駆け込み立候補者が現れた。

宇宙困り事相談所の窓口係の山田氏（元、国連宇宙軍冥王星基地司令官）であった。選挙結果、第一代市長には林業担当のホフマン氏が当選した。植物学博士である。

「ちょっと、あなた。その動物は何ですか？　珍しい動物ですね。いや、突然すいません私、山田です」

「あら、山田さん。市長は残念でしたね。私、船団司令部のキムです。よろしく。この動物はね、私たちの案内役の『ポーニャ』です」

「案内役ね？　私も宇宙の案内役ですよ、困り事のね。ミス・キム、私に相談はないですか？　以前に冥王星で観測などをしていたのでね。宇宙のことには詳しいですよ」

「あら、そう。望遠鏡で冥王星を見続けてたって訳ね」

「ハハハッ、そんなもんじゃないね、冥王星で観測生活をしてたわけよ」

「ビックリだわ。さぞ、寂しかったでしょうね？」

「ハッハッハッ、いや、可愛い恋人といつも一緒でね。ちっとも、さびしくなんかなかったですよ、君。思い出すなぁ、メリーちゃん。豊かなボディなど君とどこか似ているよ。ところで、木星へ衝突した天体は御存知かね」

「ええ、よーく御存知よ。私たちがここに居るのもあいつのせいだわ。多くの人間が死んだわ、それがどうかして？」

「それはすまなかったねぇ」

「えっ、どうしてあなたが謝るの？」

「あの、木星に衝突した天体の名覚えていますかね？」

「エエ、たしかタイソンでは？」

「いやー、うれしいね。あの天体の第一発見者はこの俺だよ。タイソンの名付け親さ」

「そうだったの。この大事件はあなたのせいね。じゃ、またね」

「いやいや、とんでもない、俺のせいではないよ。ちょっと、もう少しお話ししませんか。いいでしょ
……ミス・キム……」

「もし、落選市長さん。相談したいことが……」

「お客様のようよ。またね」

「邪魔がはいったか」

「何かおっしゃいましたか？」

「いや、相談は何ですか」

「この辺におトイレないですか？」


「さ、ポーニャ。この森で好きな緑の葉でもお食べ」

「ほうー。めずらしい動物ですね。これですか、惑星クリヤの動物は」

「あら、市長さん。こんなところで」

「こんなところはないでしょう。ここは私の仕事場ですよ」

「あっ、そうでしたわね。ごめんなさい」

「この葉がお好きのようだね。これは品種改良で、ビタミンC、ミネラルなどが豊富な食料源でね。もちろん、炭酸ガスをどんどん吸収して酸素を生産する貴重な植物ですよ。果実は糖分の他ビタミンEやカルシュームも含み、この船には一番多い植物ですよ。肥料は貴方たちの排泄物が原料ですからね。効率のよい生産体制が保てるわけですよ」

「ほんと、何か変だけど、うわー、甘くてみずみずしくて美味しいわ。青い実や赤い実や小さい実、花も咲いているのね。いい香り」

「そうなんだ。いつもこうなのさ。次から次へとフル生産ですよ」

「私たちの命の植物なのね」

「どうやらポーニャもここが気に入ったようだね。ご機嫌だ。毎日ここへ来るといいね」

「有り難う。そうするわ。私は、酸素がきつい感じがしたけど、そのとおりなのね」

「そうだよ。どんどん船内に酸素を供給しているから、酸素そのものはコンマ数パーセントくらいの濃度と思うよ。きっと、ポーニャの故郷はこんな環境なのだろうね」

「そうだわ、きっとそうだわ」


「さ、次は牧場へ行きましょ。新鮮でおいしいミルクを飲ませてあげるわ」

…………

「ポーニャ、あれが乳牛よ……」

ポーニャは震えてキムにしがみついた。

「ハハハッ、怖いの、ここはだめね。ささ、ここを出ましょう」

…………

「これが地球の魚よ。魚はどうお……全く興味なしね」

…………

「穀物はどうかな。……これが小麦よ。もうじき収穫ね。……ここもだめね」

早くも一年が経過し、宇宙船生活一周年パーティが盛大に開催された。

船内生産のワインで、カンパイした。

「ヤマモト君、注いでくれたまえ。私、酔っちゃったわ。……あら、真剣な顔してどうかして？」

「うん、キム。あそこにいる連中が少し気になるんだ」

「何が気になるの。あれは宇宙軍でしょ」

「そうだ、右のほうにいる若い三人、顔がみな同じじゃないか。厳しい顔つきだ」

「どこ、どこよ？　あれはアンドロイド（人間型ロボット）じゃないの？」

「いや、精巧過ぎる。いかん、気づいたようだ」

「行ってしまったわ。さっ、飲みましょう。私、今日は飲みたいの」

「ちょっと失礼するよ」山本とは三人から目を離さなかった。

「どこへ行くのよ！　もう知らないわよ！」

後をつけた。三人ではなかった。何人も引き上げて行った。

「やはりクローン人間だ。どうしてかれらが？　何の目的で？……」

山本は胸の鼓動が静まらなかった。あの鋭い目が脳裏に焼きついた。

穴ごもり室

穴ごもり室とは冬眠状態で長期睡眠する室をこう呼ぶことにしたものである。

宇宙船では船運行関係者と二〇歳未満の者を除く誰もが一年以上の冬眠義務があった。毎年一船で二〇〇〇人の割り当てである。

主目的は食料の消費抑制と船内での加齢を削減させることにあった。長期睡眠は人体の加齢現象を七十%抑制出来た。つまり歳を取るのが遅れるのだ。

長期睡眠中の治療は持病の回復にかなりの効果があることも確認されていたことから冬眠の希望者も多数あった。

長期睡眠は病気治療でも利用されているので特に問題なく割り当てられた。

穴ごもり室はカプセルが通路を挟んで両側に上下五段に設置され、一度に二〇〇〇人が収容できた。

カプセルに横になると自動的に作動し冬眠状態にはいることができた。睡眠から始まり次第に深い睡眠がおとずれ、同時に体温の低下が徐々に始まり、五日間で体温は七度まで低下し、呼吸は一分間に一回以下、脈拍は一分間に数回程度に低下する。

人体三七兆個の細胞への栄養はカプセル・システムが定期的に血液に注入する。夢はまったく見ない。

山本、キムの腕試し

「キム、今日は宇宙軍の射撃訓練の日だ。行ってみよう、今日の訓練には、仲間に加えてもらっているんだ」

「ヤッホー。行く行く。連れてって」

「ヤマモト、まだ時間あるわね。ウォーミングアップに短銃をやろうか」

「よし、いいだろう。受けて立つ」

船内短銃射撃は誰でもできる遊技場になっていた。勿論レーザー銃である。

七〇メートル以内のフィールドに標的が飛び出す仕掛けである。

銃はピストル型で模擬レーザー銃を選んだ。

キムは右手でしっかり銃を持ち、左手をあてがい、両足を肩の幅よりすこし大きく開き、左足を少し前にだし、両腕は余裕を持って延ばしたシューティング・スタイルを素早く取った。得意のポジションである。

キムは飛び出した動物や悪人を全部完璧に倒した。ハイクラス・セッティングも完璧であった。「スゲェ！」山本は舌を巻いた。

「さっ、君の番よ。プリーズ」

山本は右手に銃を持ち、両足を軽く開き、右肘をまげてレディ・ポジション（射撃準備姿勢）を取った。飛び出した標的は素早いクローチ・ポジション（両足を開きひざを軽く折り両腕を延ばす）で完璧に的中させた。

「さすがァ、オリンピック候補ってのは本当のようね」

「イヤイヤ、予想外のできさ」

いつの間にか人が集まり、見事な銃さばきに見惚れていた。

山本は、コンバット・ナイフの構えでポーズをとった。

「調子に乗るな！」キムに一喝され、ペロリと舌をだした。

…………

「ヤマモトとキムだ。射撃訓練に参加する。メンバーに入っているはずだ」

「ＯＫ、ヤマモト、キム、君達は船外射撃場だ」

「船外！　船外とは？」

「船外とは、船の外だよ」

「それは聞いていなかった」

「やるのかね、やめるのかね？」

「やるわよ！」

山本も仕方なく船外戦闘用宇宙服を着て船外に出た。

そこは、船外の有人射撃場であった。実践戦闘体制時は利用できるようになっていた。

星明かりのなかに着座があり、シートベルトで固定した。銃はライフル小銃型である。

「ヤマモト、キム、ＯＫ。ナンバー1、ナンバー2射撃座」

「サンキュー」

宇宙軍係官が指導してくれた。

星空に向かって標的が打ちだされ、Ｕターンして飛来してくるもの、横へ飛ぶものなど、攻撃ＵＦＯを想定した射撃訓練である。破壊した数で得点が加算され評価された。

山本は両肩に銃のバッド・ストックをしっかりと構えた。

「ＯＫ！」

標的の飛び出しは肉眼では見えないが、やがて星々の広がる広大な宇宙空間に飛行物体映像がパッと現れ瞬時に移動したが、的確にとらえ的中させた。的中率９０％であった。敵機を確認したその瞬間をとらえ、頭脳でその先を予測し引き金にタッチ射撃するもので高度な反射的なテクニックを要した。

「ヤマモト、君は素晴らしい射撃手だ。宇宙軍でも上位にランクされる。射撃手に登録しておくぞ」

「次はミス・キムか。女性だね。大丈夫かね」

「失礼ね。見てて。やったるぜ」

素晴らしい射撃であった。

「君も素晴らしい射撃手だ。……なんだ、君達は民間射撃手のメンバーに入っているよ。射撃はどこで?」

「いや、射撃が好きでね」

「次回も参加してほしいね。いざ、というときのためにね」

「でも、敵の攻撃では、全てコンピュータ任せでしょ」

「それは、そうだが、しかし、攻撃で被害が出てシステムダウンすれば、あとはやっぱり人間だね。射撃手は必要さ」

小天体接近

船最前部に設置された船団指令室の特殊鋼の窓枠は除かれ、ガラス窓の暗闇には星々が美しく輝いていた。

中心に船団長の座席が設けられ、周りには航海長、機関長、通信長、観測長、宇宙軍司令官などの座席があった。副官たちは船中央部に設置された副指令室に着座していた。指令室は船の安全のため二重体制になっていた。しかも交代二四時間体制としていた。

指令室は何事もなく座席は空席が目立ったが宇宙軍司令官は着座のまま居眠りしている。

現在、航行速度・秒速二三万キロで光速の七七％で巡行中である。

コックピットの各種計器が次から次へとデータを表示している。


突然、ピカッと閃光をのこして、主砲が発射された。宇宙軍司令官は座席からころげ落ちた。指令室は何がなんだかわからず混乱を呈した。

数秒後に前方がピカッ！　と光、真昼のような明るさが数秒間続いた。宇宙船クリヤ号は炎のなかを通過した。

地球出発以来、初めての非常緊急事態発動である。

宇宙軍により、対敵配置体制についた。

船団長以下指令室づめの高官たちが非常座席に着座したまま集まってきた。

船団長「何事か」
観測長「記録データを表示します」データがコックピット・モニタされた。
観測長「天体を破壊しました。距離一五〇〇万キロで補足、五〇万キロ地点で破壊、天体の直径一〇キロです」
宇宙軍司令官「自動砲撃システムが作動したのか？　至近距離だったな」
観測長「システム様々だね」
宇宙軍砲撃手「そのとおりです。完璧にクリヤできました」
船団長「危なかった、近かった。突然かね？」
観測長「天体補足が遅かった理由は分かりません」
船団長「システムに問題はないか、点検してほしい」
システム技師「ハイッ！　何もいじっていないはずだが？」
…………
突然、警報がなり、コックピットに天体が映し出された。
間もなく全員が着座した。

観測長「前方一五〇〇万キロに天体です」

船団長「回避！」

観測長「……進行方向同じ、我々が追っ掛けています。二分後に追突します」

宇宙軍司令官「破壊！　……試射……でよろしいか？」

船団長「……よし、やってみよう！」

宇宙軍司令官「手動、主砲、L砲発射！」

宇宙軍副官「主砲発射」

宇宙軍砲撃手「発射！」ボタンが押された。

いつの間にか宇宙軍司の高官達が指令室の後部座席を埋めていた。

宇宙軍自慢の長距離レーザー砲が発射された。青白く、そしてオレンジに輝くレーザー砲が火を吹き、長い棒状の光の帯が暗闇の中に吸い込まれていった。ビリビリとかすかな振動を座席に感じた。

数秒後、暗闇の彼方にピカッ！　と閃光がはしった。光は暗い指令室を明るく照らし、壁には着座する高官たちの影が映った。

宇宙軍の高官達の満足の呻き声が聞かれた。

宇宙軍司令官「すばらしい！　すばらしい！」
船団長「天体の大きさは？」
観測長「直径一〇キロです」
宇宙軍司令官「一〇キロを一発で！　すばらしい！」
船団長「敵でなくて良かった。……この砲が早く出来ていれば」と小さく呟いた。
…………
ほっとしたのは束の間。また、警報がなった。
観測長「前方、右二〇度、一五〇〇万キロに又も巨大天体です」
船団長「自動システム発射！」
観測長「……こちらへ向かっています」
数秒後、暗闇の一五〇〇キロ彼方にピカッ！　と閃光がはしった。
船団長「正確だな、素晴らしい。……しかし、小天体群域にはいったのか？」
観測長「……何もありません」
船団長「同域で進行方向の違う天体に遭遇とはおかしくないか。どう思うね？」
観測長「……偶然と思いますが？」

船団長「……偶然かね？」

宇宙軍司令官「……ここは、未知の宇宙さね」

…………

この出来事の一部始終を見ている宇宙人があった。

ＵＦＯの出現である。

宇宙船クリヤ号の進行方向右側面一〇〇キロにピタリと同速度飛行する未確認飛行物体（ＵＦＯ）があるのをクリヤ号は気がつかなかった。

ＵＦＯは黒く、小さかった。暗い星空では見えなかったし、もちろん近代的な光速加算タキオンレーダーにも映らなかった。タキオンレーダーは光速で走る物体から光速以上で伝播可能なレーダーである。クリヤ号の長距離レーザー砲にも採用され、タキオンレーザー砲として最大速度は光速の数十倍を確認していた。宇宙船クリヤ号に初めて採用された新技術である。

《タキオン》

一九六〇年代の始め、コロンビア大学のジェラルド・ファインバーグは光速を超える領域があると考え、その中での粒子は常に光速以上で運動し、それ以下では運動できないとしている。

この超高速粒子をタキオンと名付けた。

クリヤ号のゆくて、前方一億キロ地点に、同じ天体が静止していた。側面にあの黒いＵＦＯがあった。ＵＦＯの座席で、着座している異星人の細い右手首が小さく振られた。

シンプルな計器が一個取りつけてあった。計器の表示部分に赤い光が右から左へ流れるやいなや、直径一〇キロの天体は手首から放たれた野球ボールのように超高速で発進した。天体はＵＦＯによって操作されていたのである。

宇宙船クリヤ号の警報が鳴った。

観測長「前方、右二〇度。一五〇〇万キロに又も巨大天体です」

船団長「破壊！」

観測長「前方から左側面を横切ります！　衝突しません！」

船団長「見送る！」「照明用にレーザー砲発射！」

…………

コックピットの映像スクリーンに前方を横切る天体の姿がはっきりと映し出された。やがて特殊窓ガラス越しに右方向からせまりくる天体が見えるやいなやググッーンと迫り窓ガラス全面を覆った瞬間、左後方へ飛び去った。

「ヒェー！」 誰かが悲鳴をあげた。
二、三秒の出来事だった。あまりの迫力に全員、足を突っ張りのけ反った。
天体は遠い過去の出来事を語るように、クレーターの数がひときわ目立っていた。クレーターはその環を幾重にも重ね、流星群との衝突の激しさを連想させた。
「ブッタマゲタな！ 誰だ、悲鳴をあげたのは」
「ちょびった奴もいるんじゃないか。ハッハッハ……」
船団長「ひどい顔だったな。宇宙の勇者との遭遇という感じだね。……遭遇は偶然かね？」
宇宙軍司令官「……ここは、未知の宇宙さね、分からん事がいっぱいさ」
観測長「……全て前方一五〇〇万キロ、すべて一〇キロ大の謎の天体出現？」
船団長「……偶然かね？」
宇宙軍司令官「……ここは、未知の宇宙さ」
船団長「そうだな。ここは、未知の宇宙だ。我々の技術ではキャッチできない天体があってもおかしくないいな……」

観測長「現在、前方二億キロ内の天体は存在しません」

…………

早くも、乗船以来一五年が経過していた。いよいよ到達準備体制に入った。

やがて、クリヤ号はうさぎ星系宇宙へ入った。更に減速した。

クリヤ号2号機の船映も肉眼で確認できた。船団長や船団幹部及び市長などによる会議が開催された。

船団長「無事、目的地へ到達できた。幸運としか言い様がない。これからが最も重要である。無事、軟着陸を成功させ、大地に足をしっかとおろしたい。運行についてはコンピュータ・プログラム通りで間違いないことを最終チェックした。今日の会議の一点目は惑星グレートに対しての到着メッセージについてであります。第二に惑星クリアへの着陸地点の決定についてであります。この二点についてよろしく審議願いたい」

ホフマン市長「表敬訪問はできますか」

航海長「たとえば、惑星グレートに接近し、惑星グレートを回り到着の電波を発信するとかね？」

医師代表「近づかない方がよいと思いますね。惑星グレートへ向けて着陸アリガトウの電波発信だけでよいのではないでしょうか」

ホフマン市長「惑星グレートからは惑星クリアに是非おいでくださいとの招待を受けたわけですからそれでいいのかも知れませんね」

山本「地球のお土産をプレゼントできればすばらしいと思いますが」

ホフマン市長「それは名案だね」

キム「ここで収穫した果物や穀物などはいかがでしょうか？」

ホフマン市長「それは名案だね」

船外技師長「運搬には船外修理用スクータで間に合うと思うよ。一緒にプレゼントとはどうかな？」

機関長「技術漏洩にならんかね？」

コンピュータ技師長「問題ないでしょう。あちらははるかかなたの技術国、我々の技術はとうに御存知のはず……」

ホフマン市長「秀才惑星様……ちとおかしいかな……」（笑い）

山本「私がメッセージを書きましょう。英語で無事到着しました。有り難うでどうですか？」

キム「私もお手伝いします。絵文字も入れましょうよ」

ホフマン市長「すばらしいね。いや、ごりっぱ。ごりっぱ」
船団長「それで決定とします。ご両人よろしく」
山本「ありがとう」
船団長「それでは二点目の着陸地点について審議します。どうぞ」
地質学者「広々とした平坦地、穀物等栽培可能地、森林の近く、危険な動物のいない場所、石油資源のあるところ、それから……そうそう温泉のコンコンと湧き出るところ……それから……」
婦人会長代理「そこがいいわ。ステキ！」
地質学者「それが全部揃うところなど、まず、ないでしょうから……」
婦人会長代理「うそつき！　女だと思ってバカにして、承知しないわよ！」
地質学者「すまん、すまん、惑星を回る軌道に乗ればコンピュータ分析でよい場所の選定は可能ですよ」
婦人会長「じゃ、お聞きしますけど、人食宇宙人がいるかどうかわかるのね？」
地質学者「……そこまでは……」
婦人会長代理「何よ！　地質学者なんて当てにならないわ。フン……」
農業長「地球人はいるのかね？　二〇〇年前のね」

通信技師長「交信を根気よく続けていますが未だ確認出来ません」
ホフマン市長「そうですか、ごくろうさまです。これからも続けるほかないでしょう」
通信技師長「もし、交信できたら、その付近に着陸ですか？」
地質学者「条件が悪ければそこには降りられんよ」
船団長「もし、交信出来れば先住者の意見を聞こう。もしなければ地質学者ファン君に頼もう」

惑星クリア接近・地球人との交信

電波のキャッチに注目していたが、やっと雑音の中に英語の声がハッキリとキャッチされた。船内放送で流され、ウワー！　と全員が歓喜した。地球人は来ていた。生きていた。こんな喜びはあるだろうか。人々は泣いた。ただただうれしかった。

二〇〇年前、地球から来た人間の子孫の生存が確認されたのである。

無線交信状態が次第に良好になってきた。

「ハロー、ハロー、こちら地球から来ました。宇宙船クリヤ号です。あなたがたの惑星に近づいています。応答願います。現在惑星クリアから一〇億キロの位置を減速飛行中です。通信が届くのに約一時間必要です。我々の到着は一〇〇〇時間後になります。ハロー、ハロー、こちら地球から来ました」

…………

「こちら、クリア基地、何とか聞き取れます。この電波を二〇〇年間待ちました。ようこそいらっしゃいました。うれしいです。みんな泣いています。本当によく来て戴きました」

…………

「こちらクリヤ一号、雑音が大きいが何とか聞き取れます」

…………

地球と同じように漆黒の宇宙空間の中に美しい星空が見えて来た。

その星空の中に、大きなうさぎ星の光が眩しく輝いていた。

人類がまぢかに見る初めての太陽以外の恒星の姿である。

二つの兄弟惑星が見えてきた。地球より緑色が濃く映え豊かな大地を連想させた。

「オーイ、見えてきたぞー。俺たちの新天地だー、ついにきたぞー」

「こっちがクリヤだ。向こうがグレートだ」

「あれはクリヤの衛星ではないか！　月があるぞ！」

窓をのぞく者の目には涙がうかんでいた。胸にグーンと込み上げてくるものがあった。


「こちらクリヤ1号、ただいま惑星クリアを回る軌道にはいりました」

クリヤ2号はすべてクリヤ1号と連動しコントロールされていた。

クリヤ上空より地図データ収集、クリヤ儀作成

地球出発以来一五年が経過していた。

地球ではすでに二九年が経過していた。

「こちらクリヤ1号、着陸地点を指示されたい。クリア到着は約一〇時間後になります」

…………

「地球の皆様、ようこそクリアへお出で戴きました。着陸地点は電波発信位置です。平坦で広大な草原です。着陸には都合よい地形です。危険は有りません」


青い海があり、緑の大陸があった。島があった。大陸には大きな湖があった。

両極は白い氷の世界であった。氷の世界は地球よりも大きかった。

高度をどんどん落とし、着陸地点の観測が本格的に開始された。

「着陸地点確認できました。着地点観測結果、晴天、気温一四度、風速二メートル、軟着陸は全てコンピュータセット完了しました。これから大気圏突入します！」

「こちら、クリア基地どうぞ、幸運を祈ります」

ロケットの各ユニットは次々に分離され、それぞれ大気圏へ突入していった。全ての船はコンピュータ制御、コントロールされていた。

機関部の核融合炉や補助ロケットは惑星クリアを回る軌道上に静止衛星として宇宙に残した。電力は電磁波送電するため地上よりコントロールされる。

ＵＦＯはこの出来事の一部始終を見ていた。

ＵＦＯはクリヤ号のすぐまぢかにいたがクリヤ号ではキャッチ出来なかった。

宇宙に取り残されたクリヤ号の核融合炉や補助ロケットをゆっくりと見て回り、スッと消えた。

ロケット推進ではなかった。

10　惑星クリアに立つ

目的地、惑星クリアへ到達

宇宙線クリア号は着陸態勢にはいった。

ＡＩによる自動軟着陸システムにより、大気圏進入角度や進入スピードおよび逆噴射システムが順調に作動し、宇宙船の大気突入熱も最低限に抑えられ、宇宙船体および搭乗員にかかる負担はまったくなく、船体を水平のまま軟着陸へと導いた。

そこは緑の広大な大草原であった。草原には赤や白、黄色など色とりどりの花が咲き誇っていた。

宇宙船はぐんぐん高度を下げ高原の花々が次第に揺れを大きくしたが、やがて地に押しつけられるようになったと見るまに噴射熱で燃え上がった。

宇宙船は次々と着地ポイントに正確に着地した。

緑の自然の中に忽然と巨大な物体が並んだ様は異様であった。

宇宙船は着地したままで扉が開かなかった。地上データの分析に時間がかかった。大気成分、湿度、気温、風力、磁気、放射能、紫外線、赤外線、その他の電磁波、何よりも警戒したのは敵の存在である。飛行物体、移動物体、金属反応、生物反応等綿密なデータが再チェックされた。着地までに測定は全部完了し異常はなかったが念のための再チェックである。

やがて、扉が開き四人が下り立った。防菌対応で頭は防菌マスク、体は防菌服に包まれ、一人は銃を構えていた。

宇宙船のレーザー銃も一斉に住民や周囲に向けられ防衛体制がひかれた。

先住民たちは近づいてこなかった。たじろいでしまった。

銃を構えていた兵士は宇宙船に戻された。

先住民たちはなお近づいてこなかった。

しかたなく、防菌対応の服装をかなぐり捨てた。市長と天文学教授とキムであった。

先住民も代表者三名が近づいて来た。

五メートルの位置で向かい合った。

「失礼した。病気が気になった。測定できなかったので、お互いのため念をいれた」

「そうでしたか。この星には人類に対する病原菌は皆無です。風邪もありません」

「こちらでも地球の病原菌は宇宙船内で駆逐したが、皆無とは言えない。どこかで生きていることと思うが、対応薬や医師も十分であるから安心してほしい」

お互い歩みより固い握手をかわした。先住民側の方が感激はひとしおと思われ、三人が泣いた。

「よ、ようこそ、惑星クリアへ。待っていました……ウッ、ウッ……」

「お待たせしました。地球からきました……」

安全との合図とともに宇宙船の扉が大きく開かれ大勢の人達が両手を上げて手をふり歓声をあげた。

次々と踏み締める大地、それぞれの人々の新たな天地への第一歩である。

澄み切った青い空、燦々と溢れる太陽の光、見渡すかぎりの緑、鳥のさえずる声、うまい空気を胸いっぱいに吸い込み、だれもが深呼吸を繰り返した。空気ってこんなにも美味いものなのか、生きていてよかった。ほんとうに来てよかった。ただそれだけを実感できた。ここへ住もう。大地にひざまずく者、大地に大の字になって寝ころぶ者、太陽の下の広大な大地にむせた。小川に飛び込む者もいた。大声で泣き出す者が続いた。

先住民たちが近寄ってきた。どれくらいいるだろう。数百人はいるようだ。犬も駆け寄って来た。

両手を広げ走り寄って来た。溢れるなみだもそのままにしっかと抱き合った。

みんな見たことのある顔、顔であったが間違いなく人間であった。

双方、涙、涙でぐしゃぐしゃであった。

人類が体験する、初めての感激的な対面である。

先住民たちは栄養摂取が良いと見え、太って堂々とした体格であった。

服装は木綿が主体の様である。質素であるが清潔であった。


「私は村長のエジソンです。二〇〇年待ちました」

「本当にお待たせせいたしましたと言っていいのかどうかわかりませんが、地球の危機で脱出してきました。ホフマンです」

「同じく天文学を専攻しているロンソンです」

「同じく宇宙工学を専攻しているキムです」

「そうですか、科学者のみなさんをお迎えできて光栄です」

「出し抜けに失礼ですが、地球が心配です。帰れますか？」

「いやいや、当分帰れませんよ。今頃は氷の世界で何もかも氷の中に閉じ込められていることでしょう。……」

「そうですか。残念です。……二〇〇〇人の仲間がさぞ、がっかりする事でしょう。……」と、村長のエジソンは肩を落とした。

「落胆することはありません。三万人の仲間が今日から一緒です。寂しいことなんかひとつもありませんよ。地球文明の全てを持参してきましたので地球とまったく同じですよ」

「そうですね。私が寂しがっていたのでは困りますね。……ただ、ひたすら二〇〇年も待っていたものですからね……」

「お気持ちはよく理解できますよ。……」

「村長さん、今日はよいお天気で。いやー、素晴らしい世界ですね。緑もいっぱいで」

「いまはよい季節です。こういう日が続きます」

「いまは春ですか？」

「そうです。地球と同じで太陽にたいして軸がずれているため四季があります。この辺は地球のニューヨークや青森、ローマと同じ緯度に相当し同じ気候ですね」

「住居は遠いんですか？」

「この岡の下にあります。すぐそこですよ。しかし、こんなに大勢の来客は予想もしていませんでしたので歓迎はこんな出迎えしかできませんね……あそこに武装兵がいますがここには敵はいません。どうぞ安心して下さい。地域のご案内をしますがよろしいですか。あの白い雪の頂きの下が私たちの先祖が不時着した場所です。距離は三〇キロ程あります。宇宙船は飛べませんが船体は保存しています。ツンドラ地帯で夏は緑のコケ類が繁茂し、きれいです。牧場と油田もあります」

「ほう！　牧場と油田があるのですか。牛乳も飲めるのですね？　道理でみなさん体格がいいですよ」

「ハッハッハ……牛乳は飲めませんが良質の肉はふんだんに用意できますよ。後ほどご案内しましょう。いや、早速作業していただきましょう。三万人分の食料確保は大事ですよ。ちょっと遠いのですが乗り物は持ってきてありますか？」

「乗り物は十分ありますよ。大丈夫です。油田と聞きましたが油は必要としません。電気が静止宇宙船から届きます。発電所を宇宙に残してきました。送電供給されます」

「いやー……それはけっこうですね。私たちは環境汚染が心配で油はなるべく使わないようにしていますので熱エネルギーが不足して困っています。やっぱりそれが原因で人口が増加しませんので将来に不安があります」

「それから、この辺は草原地帯ですが我々の生活には貢献度はありません。いやいやこれは失礼しました。皆様の着地で重要な役目を果たしてくれました。この先は森林を開墾して居住地や畑があります。広大な未開発の地域がどれだけあるのか見当もつきません。開発すれば何億人でも生活可能ですよ。安心して子づくりに励んでください。ハッハッハ……」

「この草原は牧場になりますよ。さっそく牧草が持参した肉牛や乳牛の飼料になるのか分析しましょう。他に動物の卵子と精子もたくさん持参しましたよ」

「ほぅ！　牛を持ってきましたか。いやいや、恐れ入りました。説明を続けます。その先の方は調査されていませんのでわかりません。先人達の記録では調査隊が数回派遣されていますが消息不明となっています。我々は危険ですので調査していません。人命の損害は何としても避けなければならないことなのです。人の減少は一番怖いのです」

「我々は着地前に上空から全て地域のデータを記録していますので後日地域開発の参考としましょう」

「それは素晴らしい。私たちの一番ほしいデータですよ。是非早く公開してください。明日は村をご案内いたしましょう。代表の方はここへお集まり下さい。最初は牧場へご案内いたしましょう。車はありますね？　距離は百キロを越えますが道路は村一番の幹線道路です」

牧場見物

「ホウ！　電気自動車ですか？　電源はバッテリーですか？」

「いや、静止宇宙船からの送電です。電磁波受電です」

「なるほど、勉強はしました。我々の先祖はこの星へは持ち込みませんでしたね」

電気自動車は音もなく滑るようにスタートした。

「これが幹線道路ですか？　イヤーまいった。まいった。頭を何回もぶつけたよ」

道路の両側には、森を開墾して造成した畑や田が広がっていて、鮮やかな緑の絨毯を演出している。畑にはキャベツや人参などが、田には稲が植えられ風になびいていた。奥の果樹園にリンゴ、ブドウも小さな青い実をつけていた。

やがて、車は右、ツンドラ牧場、左、宇宙船レインボー号と書かれた案内板のあるY字路へさしかかった。

「どちらを先にしましょうか？」

「宇宙船を見ましょう。ご案内お願いします」

「ハイ、宇宙船に到着しました。どうぞ下車してください」

「宇宙船はどこに？　何もないじゃないか？」

「貴方が立っているところが宇宙船ですよ。茂みに少し機体が見えていますよ。それ、そこに！」

「何と！」

「ツンドラに埋もれてしまいました。何せ二〇〇年ですからね。お蔭で保存状態は極めて良好ですよ。中へご案内しましょう。入口まで通路ができています。現在は資料倉庫の役目をしています」

一行は案内されるままに船内を見学してまわったが、一〇年間の宇宙旅行の苦労が理解できた。船内での生産は野菜類と動物タンパクの鶏のみで、あとは船内持ち込みの穀類、冷凍物や缶詰類が主体であったと説明を受けた。

「牧場へ到着しました」

「また、牛も何もないじゃないか？　ここも地下かね？」

「そうです」

「なるほど、地下で飼育かね？　それもいいだろう」

車のまま地下へ案内された。ライトが材木で四方を囲んだ四角い通路を不気味に照らした。通路は奥へ奥へと通じていたが時々十字路があり地下牧場の広さを連想させた。

一〇分も走ったころ、暗く天井が高くて広い場所に出た。明かりは薄暗かったが数メートルおきに壁に置かれていた。電源は発電機によるものらしくランプが一つずつボーッとする明かりを灯していた。運搬車が肉らしき荷を満載して何台も外の方へ走り去っていった。車両を降りたとたん、寒気が肌を刺し、すっぱい臭いが鼻をついた。各自地球から持参した手持ちのライトを持ちながら奥へと移動して行った。

段々と騒音が大きくなってきた。シュー、シュー、ガリ、カリと聞き慣れない音であった。何か生臭い臭いもしてきた。

「何だ、ここは石きり場じゃないのか？　えっ！　……」

…………

「寒い！　牛はどこかね？　こんな所じゃ牛は育たないよ。キミ！」

みな、キョロキョロしながら後へ続いた。

「生産現場へ到着しました。切り出しの壁面をよくごらんください」

皆、ライトで壁を見た。……暫くは何だか分からなかったが……

…………

「う、うわー！　……な、な、なんだこりゃー！　ばけものだ！」

全員腰を抜かした。三メートルはある顔が苦しそうに目をむいていた。

「二万年ほど前までこの地を征服していた恐竜ですよ。突然の異変で生きたまま瞬時に凍結したようです。研究結果では氷彗星の衝突説が有力です。生きたまま無尽蔵の、いや、推定、数千万頭の恐竜が瞬時に氷に閉ざされるのは他に考えられませんね。つまり、氷彗星の衝突というか接触でこの星の緯度がずれ、標高も高くなり急速に凍結したのではないかと推測しています。我々が食料や主に燃料用オイル原料としたのは二〇〇年で数千頭でしょう。でかい物になると一頭で一〇〇〇トンもあるのがいますよ。肉は新鮮そのものです。昨日死んだような鮮度を保っています。水と塩が主体ですが、他のも地球上でも、この天体でも確認されていない物質が混入しています。それが防腐剤の役目をしているようですね。この塩は濃度五％で地球の海より二％濃いですから食塩を作っています。この塩で焼いた恐竜の肉は格別です」

恐竜と言っても、地球の恐竜とは似ても似つかぬグロテスクな怪獣であった。

「サシミです。どうぞ召し上がれ。ハッハッハ……」

突然、作業員が解凍した赤い生肉の固まりを目の前に突き出した。

「う、うわー！　よくわかった。早く出よう。早く！」

…………

村には、テニスや野球のできる運動場があった。川からは水が引かれ池をつくり養魚場兼プールとなっていた。

村の青年に一番人気のある遊びは何かと尋ねると狩りと答えた。狩りの小屋には槍と弓矢があったが、狩人は自分で家庭に持っていると答えた。森はいろいろな小動物が豊富でたまには危険な動物にも遭遇するらしい。年に何人かは傷を受けたし、たまには死ぬ場合もあるとのことであった。銃は貴重品で人類危機の場合に使用することとしているため狩りは槍と弓矢に決まっていた。女性には果物狩りのハイキングが人気らしい。いろいろなおいしい果物が豊富に実るようである。

その夜、代表者達は村民の歓迎を受けた。ステーキが喉を通らない者が多かったが、平気でむしゃぶりつく豪傑もいた。宇宙船ワインの交歓で、賑やかな夜はふけた。

「明日は日曜日です。ゆっくりとくつろいでください。明後日は地域開発の計画会議を開催するとのことですね。こちらからお伺いいたします」

「そうですね。急ぐ必要は何もないのですが、皆の仕事を作らねばなりませんからね。では、明朝から地域開発計画を練りたいと思います。人口三万二千人の都市、いや、農村づくりのスタートですからね。代表者を一号司令機作戦室へ集合させましょう。まだ村の名をお聞きしていませんでしたね。村の名は？」

「グリーン村です」

「ほう。すばらしい！　グリーン村の代表の方は、あの宇宙船の下へお越し下さい。お待ちします」

「皆さんをお迎えして人口も増えました。ここでこの地に国を建国したいのですが、いかがでしょうか？」

「賛成です」

「ありがとう。議会を設置して国名を決めましょう」

「賛成です」

国名は「地球国」に、議長はエジソン村長に決定した。

クリア・地域開発計画

「ここはこの大陸だ。海岸線まで七〇〇キロだ。森林が続いている」

即席のクリア儀の世界にみんなの目が集中していた。

「どの辺りまで調査できているのですか？」

「三〇〇キロ位までは地形の調査記録がある。到着時には地域調査を盛んにやったようだ。調査隊の記録がたくさんある。この川に沿って調査もしているが出発したまま行方不明となった調査隊もあるようだ。しかし、我々の年代ではやっていない。みんな臆病になってしまったのか現状に満足しているようだ」

「我々は、まず調査したい。海岸線までは是非征服、いや、調査したいと思う」

「それは結構なことだが、その前に三万人の生活を考えよう」

「三万人の生活のことなら宇宙船で作成した計画を実行すればいいではないか。計画は完璧にできているではないか。その計画を実行する段階だ。まず最初は開発地域の具体的な地域の割り振りをしたいが村長のお考えはいかがか？」

「我々の考えでは、我々の村を中心に、東の方面をクリヤ1号の町に、西の方面を2号の町に開発したらいかがか。開発競争し個性のあるよい町づくりをしてほしい。開発は人力が好ましい。クリーンに成しとげることにしてほしいが」


「開発は早い方がよい。ブルドーザーは大型が六台ある。小さいのは一〇台程度積載してきた。いずれも電気エネルギー使用だからクリーンだ。安心して利用できる。当分の食料は宇宙船食料生産システムで賄えるが、やはり、太陽光でできた食料には太刀打ちできないですよ」

「地域開発も優先事項だが、地域の詳細な調査も大事だ。地域開発と同時にやらねばならんと思う。我々、宇宙軍五〇〇人の役目は地域調査もある。偵察隊、いや、調査隊を組織して海岸線までのルートを征服したい。ここには敵は存在しないのか？」

「この地域には、我々に敵対するような高度な生物は存在しない」

「まずは無人偵察機ドローンで調査したい」

「二〇〇年前の宇宙船も複数で地球を出発していると聞いているが、クリアへの到着は無事だったのか？」

「二船両方とも到着したのは確かであるが、そうだ忘れていたが、我々と同行した宇宙船はどこかへ着陸した記録があると聞いたことがあるが」

「何！　それは初耳だ。その記録を是非拝見したい。保管はどこへしてあるのかね？」

「保管場所へは後日案内しましょう」

「明朝ではいかがか？　早く見たい」

「ＯＫだ」


一方、農業部主催による開拓地への鍬入れ式が行われた。

集まった男たちは、てんでにすきな方へ向いて、声をそろえて叫びました。

「ここに畑起こしてもいいかぁ」

「いいぞぉ」森がいっせいにこたえました。

「ここに家建ててもいいかぁ」

「ようし」森はいっぺんにこたえました。

「ここで火をたいてもいいかぁ」

「いいぞぉ」森はいっぺんにこたえました。

「少し木をもらってもいいかぁ」

「ようし」森はいっせいにこたえました。

集まった男たちはよろこんで手をたたき、周りにいた女子供たちもいっせいに手をたたいてよろこびました。


宮沢賢治の声である。

大地を愛する声である。

人間の優しい声である。

行方不明宇宙船の捜索

山本とキムは調査隊に編入された。強い希望が宇宙軍司令官を説得した。第一回の先発隊一五名が選抜された。着地記録の調査員にも選ばれていた。

保管資料調査結果では……。

　二〇〇年前、２号船は１号船を離れ海を越え島に着陸していた。島の中心部には高い美しい富士山に似た山があり、そのほとりに湖があることがわかった。２号船からの通信はそれで切れていた。

「これは、きっと生きているぞ！」

「島はこれだ！　よし、この部分の詳細を調べよう」……クリア儀の一点を指差した。

　島は大陸を隔てる狭い海峡の中央部にあり、こちらの大陸の海岸線から五〇キロ沖合にある周囲一〇〇キロ程度の島であった。

「この島を拡大してくれ」拡大投影して映像調査が始まった。

「宇宙船らしき物は見当たらないな。これは建造物ではなく岩のようだ」

　不時着した宇宙船は発見できなかった。建造物らしきものも見当たらない。

「何も見つからないな。本当にここか？」

「二〇〇年も経過している。森林に呑み込まれているさ」

「待てよ。これは、畑か牧草地ではないか？　明らかに森林と違うな。人工の物のようだな。湖の周りの岩の間に点在しているな」

「よし！　ここだ。調査隊、第一目標、２号船の消息、いや、生存者確認だ」……宇宙軍司令官が静かに言った。

「ヘリでひと飛びだ！　準備だ！　明日、調査隊は出発だ！」

「準備開始！」準備が開始された。

「司令官、ヘリポートがだめです！」司令官に緊急報告が入った。

「何、六機あるではないか？」

「無人ドローンもだめです」

「全部飛べません！」

「どうしてだ！　全部とは？　何かあったのか？」

「分かりません。コンピュータ・プログラムが破壊されています」

「プログラム破壊！　原因は何か？」

「強い磁気のようです。磁気というか、つまりエックス線のようなものが、機器を貫通しています」

「宇宙船はどんな強い磁気でも、電磁波でも遮蔽されているだろう。バリヤにも守られているだろう。なぜだ！」

「外へ出した時点でやられたようです。気がつかなかったので、次々とやられました」

「そんなに強い磁気が常時発生しているのか？　発信源はどこだ！　つきとめよ！」

「常時発生していません。ヘリが外へ出ると発生するようです」

「そんなバカな。妨害電波だ。それは敵だ！　敵がいるのだ！　捜索せよ！　命令だ！」

（はるか上空でニヤッと笑う宇宙人がいた）

非常事態は発令したが、だれも本気になれず、ただ、索敵活動は実行されたが何事も発見されなかった。レーダーにも何も捕捉されなかった。

ブルドーザーも半数が使いものにならなくなった。

「何！　ブルもか！　何者かに操作されているのか？」

「姿を現わせ！　負けやせん」

宇宙船を飛ばす案もでたが、宇宙船の化学燃料は脱出用であり他への利用の余裕はなかった。

「作戦変更だ」作戦室で練り直しが始まった。

「この小川で小さなイカダを組む、下流七〇キロで本流に出る。そこでイカダを大型に組み直して船外モーターを取りつける。六五〇キロ下ると海だ。一気に島へ向かう」

「行程は五〇時間程度であろう。一五名分の食料と武器、その他何でも持っていけ、船旅だ。重くはないだろう。隊長はジョンだ。何か質問は？」

「ジョンです。質問が。本流の情報は？　海と島は？　どんな状況か？」

「本流は河幅二〇〇～三〇〇メートル、水深二～一〇メートル、流れの速さは時速二〇～五〇キロだ。海は穏やかで水温二〇度と高い。島は森林と岩と池だ。何も詳細はわからんね。コンピュータ情報はこれまでだ」

選ばれ切り出された大木が一〇〇本、五本くらいで小さなイカダが組まれ、長く連なって荷物を満載して出発した。

やがて、イカダは本流に合流した。本流の水も青く清らかに透き通っていた。

長さ一五メートル、幅一〇メートルのイカダが組まれた。イカダにはテントが張られ、船外機と舵、オールのほか、対空対地用レーザー銃も備えられて武装船に変わった。

河が狭まり激流があったりしたが、河は岩場や湿地帯や森林を通過し、やがて河端が広くなり河口に出た。

夜空の星は地球と同じようにまばたきしながら光り美しかった。

「天の川がきれいですねえ」

「ここも天の川銀河だからねえ」

「地球はどのあたりかなぁ？」「北に小さく光る星が太陽ではないか？」

「あれが故郷の太陽かー。地球があそこにあるんだなあ。皆どうしているかなあー」

「なんだか、泣けてくるなあ」

「……」

11　クリア人と人間家畜との出会い

知的海獣との遭遇

「河口に出たぞ。よし、岸へ付けよう。調査がてら休憩だ」

いきなり、ズバッ！　と閃光とともにレーザー短銃が火を吹き、イカダの端を吹き飛ばした。

「おい！　何事だね？　キム、イカダをこわす気か？」

「何か、水の中からこちらを見ていたわ。手が延びてイカダへ」

「大きな魚だろうよ。ハッハッハ……」

イカダは河と海の境目の波の小さい岩場へ着岸し上陸した。岩場の先は美しく光り輝く白い砂浜が延々と続く海岸線であった。河側は海岸線とは対照的な黒い土まじりの砂浜が森林と河を区分けるように川上に一〇メートルの幅で続いていた。河口とはいえ水深は急に深くなっていた。

「目的地はあれでしょうか？」遠くに霞む陣地を指差した。

「あれだな。間違いあるまい。まず、河側を調べよう」注意しながら調査開始した。

「動物の足跡だ。大きいのや、小さいのがあるな」

バシャッと魚が飛び跳ねる音がした。四〇センチくらいの魚が砂の中へ打ち上げられて飛び跳ねていた。

「魚だ。よし、昼飯のオカズにしよう」

若い隊員が手を延ばして魚をつかんだ瞬間。

「ギャッ！」と一声してサブン！　と水の中に消えた。

「どうしたんだ！」あっと言う間の出来事で皆、狐につままれたように顔を見合った。

再び、バシャッと魚が飛び跳ねる音がし四〇センチくらいの魚が川岸へ飛び跳ね踊っていた。

山本隊員の腰からレーザー短銃が素早く抜かれピッと光が走った。

山本は短銃をクルクルと回しガンベルトへ収めた。素早い銃さばきである。

魚には釣針が刺され、釣針には糸が結んであった。レーザー短銃で結び糸は見事に切断されていた。

釣針は魚の骨か動物の骨のようであり、糸は植物の繊維のようであり、結びは人間が釣りに使う結びであった。魚類による人間釣りである。魚類かどうかは分からないが知能のある水中動物が陸上の動物を釣っていたのだ。

「驚いたな。人間を釣る魚がいるなんて信じられないな。早くも犠牲者を出してしまったな。みんな油断禁物だぞ！」

「利口な魚が住んでいるのだ。イカダは大丈夫だろうか？」

「おい、あそこに長いものが川から森の中まで続いているぞ。海草のようだがロープのようでもあるな？向こうにもあるぞ沢山あるな。何だろう？」

「気をつけろ！」と言って近づいた瞬間、川なかでバシャ！　と大きな水音がし、大魚が尾ひれで水を蹴る姿が見えた。

次の瞬間、バサッ！　と、森の中から枯枝を付けた木が飛び出して来た。

「あぶない！」木の枝に絡まれて一人が水中に消えた。二人目の犠牲者である。

皆は、ただ茫然として消えた水中を見ているだけだった。

「あそこを見ろ！」シャチみたいな大魚のそばに得体の知れない動物の頭が姿を現し、こちらをじっと見ていた。頭はアザラシみたいであるが口は水中で見えなかった。動物は水中に姿を消した。キラキラした目と別れの挨拶のように高くかかげた細い片腕と何本かの指のようなもののついた手が印象的であった。ロープは大魚の背びれに結ばれていた。

陸上動物捕獲猟であった。知能の高い水生動物の出現である。

思い出したように隊員の一人がレーザー銃を乱射したがもう何もいなかった。

「ちくしょう。逃がしたか」

「見たか、澄んだ目をしていたな。笑っているような気がしたな。手の指が……」

「おい！　我々の敵だぞ！　みんな食われてしまうぞ！」

「人間の肉に味をしめたら事だぞ」

「どうなんだ。やつらにずうっと後を付けられたら全滅するぞ」

「隊長！　調査は継続ですか！　水中では対抗は困難です。イカダではどうにもならないですよ。隊長！……」

「水深測定や水底物探知用の水中探知機を持っている。レーザー銃は水中にも使える。射程距離は一〇メートルくらいしかないが破壊力は十分だ。高性能爆薬もあるぞ。これで爆雷を造る。水中からの攻撃には対抗可能だ。ただし、魚雷などの科学兵器には苦戦するかもな」

「まさか、科学兵器はあるまい」

「よし、臨戦態勢で行く。出発だ！」基地本部へ交信し出発した。

イカダは岩の上に緑のある小島の間をかいくぐりながら注意警戒し進んでいった。

突然、行く手にアザラシの頭が二つ、三つ、ぽかっと浮いた。瞬間、先頭にいたキムのレーザー短銃がピッと光を吹き、二つの頭を吹き飛ばし、ガンベルトへ銃を収めた。

「キム、早いな。見事だ」キムはニコッとウインクした。

「オイ、仕返しがあるのではないか？　やたらに殺さないほうがいいのでは？」

「なにおっ！　二人もやられているのに仕返しが怖いのか」

「敵だ！　集まってきたぞ。探知機にいっぱいだ」

「よし、全速前進！　レーザー銃発射！」レーザー銃を水中へ乱射した。

「だめだ！　数が多すぎる！」

「よし！　爆雷だ！　爆雷投下！」爆雷が一本、イカダの脇へ隊員の手からポトリと投下された。

「バカ！　近すぎる！　みんな伏せろ！　つかまれ！」

イカダの後部でズーンと腹に来る衝撃で爆雷が爆発し、五〇メートルもの水柱が上がった。イカダは持ち上げられたが転覆、破壊はなかった。

「すげえっ！　ぶったまげたなぁ！」

爆雷はあと二本、次々と後方に投下され、スバッと轟音とともに海面が浮き上がると同時に水柱が高く吹き上げられた。

「やったぞ！　成功だ！」

探知機に映った生物の動きが止まり水上に浮き出した。相当の量のシャチのような魚である。怪物の姿は見当たらなかった。

「しかし、魚ばかりだ。怪物がいないぞ！　逃げたか！」

「いや、逃げられまい。恐らく沈んだのではないか？　怪物は地球上の動物のように浮袋を持ってないと思う」

「探知機に沈むものが見えます！」

「やはりな。爆雷で生物の内臓はズタズタになっているはずだ。水中生物の弱点が見つかったな。敵は相当のダメージを受けていると思う。もう当分は近づいてはくるまい」

隊長の発言は正しかったようだ。近づく動物は消えた。

「あれを見ろ、あの岩に怪物がいっぱいいるぞ」海獣は一見オットセイに似て、体毛は灰色で体長二メートル、両手が長いのが印象的である。

「日向ぼっこみたいだな」怪物は寝そべっていてイカダを見送り攻撃はしてこなかった。

イカダは快調に進んだ。

島への上陸

目的地が近づいたので、念のためテントをたたみ海草などでカムフラージュして海の風景に溶け込んだ。夕暮れを待った。大きな月と小さな月が出ていてかなり明るかった。目指した入江が見えてきた。険しい岩場の入江であるが敵の発見を恐れて選んだ場所だ。

「出発！　八号、九号の二名はイカダの防衛に当たれ。怪物が来ないとは限らんからな。帰れなくなったらお終いだからな」

全員、夜行用点眼をし、夜の歩行に備えた。みんなの目が月明かりに反応した獣のように光りだした。丁度曇り空ほどの明るさで見ることができ、十分な活動が可能であった。方向と距離は計器により安易に確定できた。

一一名の隊員は武器、偵察機器、食料を持ち岩場を登っていった。

岩の頂上から見る海は、星空の大小二つの月が波に反射しキラキラと美しく映え、幻想の夢を見るようであった。

岩場の奥はジャングルだった。大小の木々が生い茂り、星空を覆っていた。

隊員は注意ぶかく、小枝や草木を切り倒しながら、獣道を訓練するかのように二〇キロ奥の目的地まで行軍を開始した。途中で獣の声や、カサゴソする気配に驚かされながらランランと光る眼光を四方に目配せして行軍した。

突然、前方に大きな動物が飛び出した。目が光り、トラのような体型、いやトラだ。

ドーと飛び出しかかった瞬間、みんなのレーザー銃がピッと光り火を吹いた。

トラの首が吹っ飛び、頭がころがった。倒れたトラの首からどす黒い血がドクッドクッと溢れ出ていた。

「どうして、ここにトラが？」

「偶然さ、偶然トラに似た動物が居たのさ」

それから、五時間も進んだろうか、目的地に近づいたため、ヤブの中で睡眠を取った。見張りもつい疲れが出て眠り込んでしまった。

クリア人と行方不明人間との出会い

どのくらい眠ってしまったろうか、何かの気配で一人の隊員が目を覚ました。何かが他の隊員を覗き込み、背中を向けているのが見えた。とっさにレーザー短銃が火を吹き、怪物の背中から腹を吹き飛ばし、ドスッと隊員の上に倒れた。

全員が目を覚まし、横たわる怪物に目をやり、驚きと、どうしたものかお互いの顔を見合った。

怪物は二足歩行で一メートル五〇センチくらいの身長で、体毛のない黒びかりする分厚そうな肌があり、筋肉質で腕力のありそうな上半身と長い両腕を持ち、下半身は引き締まり駿足を連想させる均整のとれた直立歩行の体型である。頭は人間とほぼ同じ大きさであるが、上半身が発達しているため小さく見えた。顔は人間に似ても似つかぬ怪物そのものであるが、基本的には地球動物と同じであった。二つの目は飛び出し、顔面中央部にある鼻はペシャンコで穴が一つで蓋のようなものが穴の隣についている。水中適応か、蓋ができるようだ。口は犬のように少し突き出し、手を使わなくても捕食できそうな形をし、耳は大きなラッパ型で方向移動可能らしく補聴に優れているようである。外見では性器は見られず裸体である。知能程度は猿以上であるらしいことは推測できたが、年齢、大人か子供かはわからなかった。

夜明けが近く、空が白々としてきた。

目的地に近づいたため様子を見ながら慎重に進んだ。

目の前が開け、麦畑へ出た。背を小さくし、木々の間から様子を窺った。

畑の向こうは草原、いや、広場らしく、小川を挟んで開けた場所があった。その向こうは岩場で洞窟らしき穴が目についた。岩場の向こうに木造らしい小さな家のような建造物が幾つか見えている。

「偵察だ！　飛ばせ！」

小型ドローンは飛び立ったが、人影が何か物を投げる姿とカメラをふさぐ映像を受信し、映像は消えた。

「あれっ！　消えた！　撃墜しました！」

「ばかもん！　撃墜したんじゃねえよ！　撃墜されたんだ！　やられちまったんだよ！」

小川の向こうの広場に動く物が出て来た。

「あれは異星人か？」

「クリア人か？」

「クリア人だ。しかし……」双眼鏡を見ていたキム隊員が静かに言った。

「あれっ、クリア人は豚にそっくりだ」双眼鏡を横取りした隊員が言った。

「どれどれ、あっ、本当だ。ケツも豚そっくりだ」

「あれは、豚じゃないか？　なぜ豚が？」

「やっぱり豚か。豚も、早起きなのか？　知らなかったよ」

「そんなことはどうでもいい！」

みんな豚に相違ないと言った。次にまた動物が出てきた。四本足だ。

「これがクリア人だ！」

「犬だ。犬だよ」

「また豚だ。なにか背中に乗せているな」

「アッ、ポーニャだわ」

「ポーニャはこの星の動物だったのね」

早朝のせいか豚、犬、ポーニャ以外は何も見えない。

「異星人が出てこないな。豚と犬とポーニャしかいないのではないか？」

「いや、必ず出てくるさ」

空はますます明るくなり、やがて、直立歩行の異星人らしい動物が出て来た。犬とじゃれあっている。

「異星人だ。クリア人だ」

「人間にそっくりだ」

「いや、あれは人間だ。人間だよ」双眼鏡が忙しく行ったり来たりした。

「そうだ。人間だ。やっぱり生きていたんだ。サッ、行こう」

「まて、もう少し様子を見よう」

続いて人間らしい、直立歩行の動物が出て来た。人間と立ち話をしている様子である。

「あれだな。クリア人は」

「アッ、あれは！」思わず皆が叫び、あわてて口を塞いだ。

「あれは、殺した動物だ」

「あれが異星人だ。クリア人だ」

「人間と話してるみたいだ。話できるのか？　共存しているようだな」

突然、そばでバサバサと大きな音がしてハトのような鳥が飛び立った。みな、肝を冷やした。小鳥たちのさえずる声も大きくなってきた。

「どうする？」

「もうすこし様子を見よう」

やがて、日が昇り、異星人や人間達も大勢になってきた。朝食前の団欒らしい。

「どうする？」……

「出ていくか？」

「異星人を一人殺しているからな。埋めてくるんだったな」

数人の異星人が後ろに居るのに気がつかなかった。異星人は長さ六〇センチ、直径五センチほどの木製のこん棒をみんな持っていた。

隊員の一人がそれに気付き「敵だ！」と叫んで銃に手を掛けた。

隊長はその手を押さえ「人間に会わせてもらおう」と言った。

「お前たちはどこからきた！」と聞こえた。音色は人間と相違するが英語である。

「ん……英語か？　俺たちは地球から来た。地球人だ」

「地球人か。地球人、来い」たしかに異星人の声である。

皆、異星人に従い広場へと向かった。

「×△○△○☆・◎×△」何か叫んだようだ。異星人語のようである。

「オーイ、集まれ、集まれ」大勢の異星人と人間が広場に集まってきた。突如出現した地球人に皆ただただ驚くばかりである。

「ようこそ」地球人の長老が一歩前に出て手を差し出した。

「地球から来ました」隊長と固い握手が交わされた。

先住の地球人たちは、涙して感激した。誰かが拍手を送った。やがて万雷の拍手となってこだました。

クリア人達もおもしろそうに真似をして拍手した。

「どうやって、ここへ？」

「我々は地球人だ。この星へ来たばかりだ。地球が天体衝突で住めなくなったので脱出してきた」

「どうして、ここへ？　ここに我々が居ることを知ったのか？」

「そうだ。この向こうの大陸にも君たちの仲間のレインボー号の地球人が二〇〇〇人ほどいる。ここに宇宙船が不時着したのを知り調べたが、生存を信じて探しに来たのだ。君達はどうしてここにいるのか知っているのか。地球から来たのを知っているか？」

「そうだ。知っているとも、二〇〇年前にな。この星に別の宇宙船が着陸したのは聞いていたが、生存は確認できなかった。手段がなかったのだ」

「ここには地球人は何人いるのか？」

「男五二三人、女七五〇人いる。全部で一二七三人だ」

「彼らは何人か？」

「この島には三〇〇〇人程度だ。彼らはここの原住民さ。この星の知的生物、つまり君達から見れば異星人だ」

「我々はこの星をクリアと呼んでいる。クリア人と呼ぶことにしよう。ところで彼らとうまくいってるのか？　争いはないのか？　なぜ共存できるのか？」

「争いごとはめったに無い。おとなしい素直ないい友だ。親切で心やさしいよ」

「友と呼ぶのか？」

「そうだ。それが自然だ。みな名前で呼び会っているのさ」

「どうして、英語を話すのか？」

「英語だけではないさ、日本語も、中国語も、どの言葉も話せるよ。子供のうちにそばにいてみな覚えてしまうのさ」

「知能は人間以上か？」

「知能は人間より少し落ちるかな。しかし、見る、聞く、動作ははるかに上だよ。特に驚くのは言葉だ。なぜか、共存している動物の言葉はみんな覚えてしまう才能があるよ。人間の言葉だけではないよ。犬や豚とも話せるさ。この星の動物とも話ができる。小さいころから興味深く毎日相手と交わってね、こう、口をじっと見ていて言葉を覚えてしまうのさ。ま、やることないからな」

「地球動物は犬と豚だけか？」

「にわとりもいる。牛もいたようだが今はそれだけだ」

「豚は彼らも食うのか？」

「食うとも、同じだ。好物だよ。この星には豚よりうまい肉はないな」

「君達は彼らの言葉は話せないのか？」

「話すほどではないが表現まじりですこし分かるようです」

「彼らの致命的な欠点は寿命だよ。三〇年までは生きられないのさ。文明の進歩は遅いはずさ。みんな死んでしまうんだよ」

「えっ、そうだったのか」

クリア人との決闘

クリア人が騒ぎ出した。山から怪人の死体を担ぎ出してきたのだ。

クリア人達は死体の周りに集まりだした。家族と思われる数人が、死体の前にひざまずき、祈るようなしぐさを盛んにしている。嘆き悲しんでいるようだ。

クリア人の一人が「夕べ殺された。犯人は地球人だ。犯人は死者に謝罪を」

地球人が「やったのはだれか、出たほうがよい」

「俺だが、何をするのか？」

「彼の家族と同じように死者の前にひざまずき謝罪せよ」

「突然現れたから撃ったまでだ。正当防衛だ」

「拒否するなら兄弟が戦うと言っている」

「戦うのか。どのように？」

「決闘だ。勝てば許される」

「武器は？」

「何でもよい。自由だよ」

「そうか。これを使う」ニタッと笑い、三号隊員が申し出た。

決闘は双方一〇メートルほど離れ対峙した。

仲立ちのクリア人の手が上がり何か叫んだ。

三号隊員のレーザー短銃がビシッと火をふいた。

銃は一〇〇メートル先の木をなぎ倒したが、同時にドスッと鈍い音がし三号隊員は頭を割られて即死した。クリア人は三メートルも横に飛び棍棒を投げたのである。人間には不可能な素早い動作であった。

人間達はあっけない戦いを茫然と見ていた。

死体は戦いに勝ったクリア人が担いでだまって行ってしまった。

「彼は死体をどうするのか？」

「処分するのさ」

「処分ね？　戦いでは人間は勝てないのか？」

「見たろ。勝てないね。これは忘れることだ。彼らは無用の殺生はしないよ。さぁ、我が家に来てくれ、歓迎会だ。一杯やろう」

「ありがとう。御馳走になろう」

「彼らは洞窟住まいなのか？」

「そうだ。あの洞窟に住んでいる」

「あそこの洞窟は何か？　他と違うようだが？」

「あれは彼らの大事な洞窟さ。人間は入れないのさ。絶対に入ってはいかんよ」

「ふーん？」

クリア人の耳がくるくるまわり一定方向にピタリと止まった。目が飛び出したり縮んだりしている。望遠が効くようだ。

クリア人が騒ぎだした。やがて、森のなかで「ウオー――」という、何とも言えぬ動物の吠えるような声が響いた。大型動物らしい。

キャーキャー騒ぎながら人間とクリア人の子供達は洞窟に逃げ込んだ。

森の木の葉が騒ぎ怪獣が姿を現した。体高二メートル、体重二トンはゆうに超すサーベルタイガーだ。

いや、サーベルタイガーに似たタングの出現だ。サーベルのような牙が見事であった。

「お前たち、タングと何かあったのか？」クリア人が隊員に質問した。

「子供を殺した」

「そうか、あばれるぞ。殺すなよ。帰してやれ。子供を亡くしたのだ。かわいそうに」

タングは暴れまわり、畑や小屋などをメチャメチャにして、やがて疲れたころ、クリア人が提供した豚をくわえて森の中に消えて行った。

人間たちは、タングの美しさに見惚れていた。地球にもこんな動物が繁栄した時代があったのだと思いをめぐらした。

人間家畜との出会い

皆で狩りや魚取りをして宴会の食料を捕獲した。

その夜は、隊員達も軍服を脱ぎ捨てくつろいだ。小さな木造家屋での質素な食事をとりながら、お互い質問攻めで時間を忘れて語り合った楽しい宴会であった。クリア人は酒は飲めないためか遠慮して来なかった。

隊員たちは軍服がクリア人に悪い印象を与えたため、着用しないことにした。

歓迎会も終わり草のゴザの上でゴロ寝した。

山本もキムも眠れなかった。

「ヤマモト、ヤマモト」

「キム、君も眠れないのか？」

「あの洞窟が気になって……」

「オレも同じだ……行くか」

「うん」

二人は月夜のうす闇に紛れて洞窟へ近づいた。クリア人の番人が二人、入口で焚き火をしながら守っていた。

二人は近づき話し掛けたが行け、行けと追い払われた。夜食の豚の肉を差し出したら食べてくれた。番人はすぐに寝てしまった。睡眠薬が即効いた。

洞窟を入ると野球場がいくつも入るほどの大きな広場に出た。広場の周りは十数メートルの高い塀があるように見えるが、そうではなく切り立った岩であった。広場は自然の窪んだ岩の中のようである。

広場の中央に湧き水のある池があり、広場の周りには洞窟が幾つもあった。

近づくと、洞窟には材木で檻が造られていた。中を覗き込むと動くものがあり、何か動物が居るようだ。岩の割れ目から漏れる月明かりで動物が見えた。それは恐ろしい光景であった。枯れ草の上に素っ裸の小さな子供たちが重なって眠っていた。二人は震えが止まらず息を飲んだ。

「子供だ。どうして人間が？」

次の部屋をのぞきこんでいると、中から声が掛かった。

「だれだ？」乱暴な言葉だが若い女性の声であった。

キムは思わず話しかけた。

「人間よ」

「人間がここに？　なぜだ？」ギョロリと目をむいた。そこには色白な豊満な女体があった。

「人間は外にも大勢いるわ」

「そうか。やはりいるのか。思っていたことだ。やつらの奴隷か？」恐怖に脅える顔で尋ねた。

「一緒に暮らしているわ」

「暮らしてる？」

「人間がうまい食いものを作ることができるからさ」

「ブタは俺たちが飼ってる」

「パンとか野菜なども作っているのさ」

「ここには何人いるの？」

「人数か？　数えたことない。いっぱい居るさ。五〇〇かな、一〇〇〇かな」

「ここから外へは出られないの？」

「外へ出られない。騒ぐ、喧嘩、病気、殺される。棒でガン！」普段の会話がこうなったのであろう。会話は極めて短絡的であった。


「殺すのか。残酷な。……食事は？」

「やつらがくれる。パン、果物、ここの動物の肉、食える。俺たちの豚と、にわとりがよく出来れば、食い物くれる」

「動物を育てているわけね。臭いのはそのせいね」

「だれだ？」もう一人の女性が起きてきた。

「いつからここに？」

「ここで生まれ。昔、先祖が地球からここへ来た。やつらと戦で負けた。つかまって全員ここへ入れられた」

「子供いる。子供できる。ここへ入る。三〇人いる」

「一生ここで？」

「子供生めなくなると外へ連れだされて殺される」

「男は？」

「同じ、生まれ、殺される」

「どこへ出ていくの？」

「知らない。今日、満月、殺される」と言って向こうを指差した。

「ありがとう。またくる。助けるよ。元気でな」

檻から手を出して、行かないでと叫ぶように、指を握った。

人の気配がしたので二人は物陰に隠れた。クリア人が一〇人、いつものこん棒を持って入ってきた。

一番端の部屋のかんぬきが外された。人間が断末魔の叫びをあげて抵抗している。

「助けて！　助けてくれ！」ギャーギャーギャーと最後の叫びである。

いつものことだが人間たちは耳を塞いで耐えた。

ギャーギャーと叫びをあげながら五人出された。男と女がいた。

五人は手を縛られて、こん棒でたたかれながら出ていった。

人間がクリア人の家畜として飼育されていたのだ。

豚もギャーギャーと叫びをあげながらつれて行かれた。

クリア人の火祭り

山本とキムは高鳴る鼓動を抑えて彼らの後をつけた。

洞窟を出て森に入った。森を一〇分も歩いたろうか、木々の間から明かりがチラチラ見えてきた。そこは大きな沼があり、沼に沿った広場であった。広場の真ん中で焚き火が燃え盛り、周りに数百人のクリア人が各々こん棒を持って座っていた。肩幅が広く力のありそうなところを見ると男らしい。地球人はいなかった。

ギャーギャー叫びながら入ってきた五人は火の側の丸太に繋がれた。

そこへ豚が五頭、繋がれてギャーギャー泣き叫びながら入ってきて、人間の横の丸太に繋がれた。洞窟から連れられた地球人も豚も死の恐怖で震えながら泣き叫んでいた。

長が火の中に何かを投げ込むと火はボーと火勢を増した。キャオーと、何か叫び、手を上げ合図した。数百人からチャッチャッチャッという高い声があがった。ときどきこん棒とこん棒をぶつけ合いリズムを盛り上げた。チャッチャッの声は波のように高くなり低くなりして迫力を増してきた。

だんだん神がかりのように興がのり精神状態がたかぶり狂ったように踊った。

長が再び火に何かを投げ入れ手を上げ、キャオーと何か叫んだ。

ギャーギャー泣き叫ぶ豚がこん棒で殴られもがいて死んだ。次々に叩かれ死んだ。人間もまったく同様にギャーギャー泣き叫びながらこん棒で殴られもがいて死んだ。次々に叩かれ死んだ。チャッチャッのリズムはますます勢いを増し精神状態が通常の状態を超越し踊り叫び狂っていた。火勢もますます勢いづいた。

横たわっていた人間と豚の死体を解体し、棒でくし刺しにして火に掛けた。内臓は焼けた石の上に投げ入れられジューと白い湯気を上げた。

「キム、あれはバリ島のケチャだ」山本も強烈なリズムでいつしか興に入り、人間の撲殺にも激しい興奮を覚えていた。キムも同様であった。二人の額から汗が流れていた。

激しいリズムも、いつしか、遅いテンポに変わり、やがて終わった。

山本とキムは我に返った。恐ろしさが再び襲い動けなくなった。

ズルズルと後ずさりしながらその場を逃げだした。

興奮覚めやらぬまま一部始終を隊員に話し聞かせた。

隊員達は驚き、興奮して、戦いだ！　戦いだ！　と叫びだした。

「彼らは野蛮人だ。人食い人種だ。戦うしかない」

「そうだ！　豚と同じにされてたまるか」

「彼らにしてみれば、人間も豚も同じ動物なのだろう。人間だって動物愛護と言いながら豚や牛を食っているではないか」山本は思わず漏らした。

「貴様、それでも人間か。我々は国連宇宙軍だ。人類の敵は倒すのが役目だ。貴様、忘れたのか！　豚のように殴り殺されて食われてしまった人間をかわいそうとは思わんのか！」

山本は殴られ、鼻血を吹き出し倒れた。

国連宇宙軍、惑星クリア本部はすべての現場映像を受信した。

12　クリア人との戦い

戦いか共存か

国連宇宙軍、惑星クリア本部

緊急対策会議が招集された。

「一対一の決闘でレーザー銃が負けたというではないか。我が軍の全戦力五〇〇では勝てない。戦争は避けるべきだ」

「洞窟の数百名の人間が食われてしまうのだぞ。それでも人間か！」

「負けたら五〇〇人余計に殺されるんだ」

「軍の戦いは一対一の決闘ではない。組織され訓練された軍人による近代兵器の戦いだ。決して負けやせん。戦いだ！　司令官殿、命令を！」

「現場の地球人の協力が不可欠だ。同一作戦で戦うことが必要だ。私、個人の考えは戦いだ。二〇〇年の恨みを晴らさねばなるまい」宇宙軍司令官は静かに言った。

「戦いだ」軍はいきり立った。

「待て、最高意思決定は地球国会議にある。地球国会議を招集していただこう」

「していただこうとはどういうことだ。司令官ではないのですか?」参謀の一人が発言した。

「うむ。権限はエジソン議長だ」

早速、地球国会議が開催された。

「エジソン議長のお考えは?」宇宙軍司令官が意見を求めた。

「数百人の地球の同胞の救助ということだ。話し合いでは不可能だろうか。よい条件を提示すれば了解を得られるかも知れない。……現地の地球人の代表者と現地の隊長でクリア人と話し合いをしてもらおう」


現地では、先住者と隊員で話し合いが始まった。

「大陸の地球国会議では救出の戦いに決まった。先住者、つまりあなた方の協力を得られることが条件だ。一致協力してやろう。地球人のために」と隊員は偽りを言った。

「えっ、地球国会議では戦いに決定ですか。我々としても洞窟内の人数が想像を超え、多かったので驚いている。これには歴史がある。二〇〇年前の宇宙船不時着時に我々地球人はクリア人に助けられた。

食料も戴き皆死なずに済んだ。後は共存したが、この島を征服しようと言いだす者が出た。我々は賛成、反対に二分され、戦い推進派により戦いが始まった。戦いは戦線布告なしに地球人により爆発物が集会場や家庭などに大量に仕掛けられ、クリア人の半数が死んだ。やがてその戦いで地球人は敗れ女子供は捕らえられ洞窟に収容されたのだ。その恨みは子孫に受け継がれ先天的と言っていいほど脳に焼きついているようだ。何時ごろから人肉を食うようになったかわからんが、味をしめたようだ」

「隊員さんの気持はわかるが、戦いはいつでもできる。その前に話し合いをしてみよう」

「話し合いはしても理解されるかどうかわからないが。……とにかく私が話してみよう」

「明日、結果を聞きたい」


翌日、先住者の代表者が隊長に報告に訪れた。

「……だめだった。何も交換条件はない。解放は受け入れられないとの事です」

「やはりそうか、戦いだ。戦うしかない。あなた方は戦いに協力してくれますね？　人間解放のためだ」

「我々は昨夜話し合ったが、戦いには反対だ。また多くの犠牲者が出るだろう。洞窟の人は皆殺しになり、我々も殺されるだろう。犠牲が多すぎる」

「君らは、洞窟の人間を見殺しにする気かね。それでも人間かね。戦うのは勝利に自信があるからだよ。

相手はこん棒一つだ。負けないさ。我々の同胞は殺させない。それが勝利の条件だ。作戦は十分練る」

「犠牲のない戦いはないですよ。われわれは人質のようなものさ。クリア人の手中にあるんですよ。獄中の奴らは、彼らなりに生きている。むごい生きざまではあるが……」

交渉模様は地球国会議へ報告された。


地球国会議が再開され経過報告された。

「何っ！　拒否ですと。思いあがりも甚だしい。人間が食われているのですぞ。戦いしかない。戦いだ！」

「しかし、多数の犠牲が出る。敵陣地に同胞がいるのだ。人間に攻撃するようなものだ」

「クリア人には、クリア人の長い歴史がある。彼らに今以上の食料援助とか文化援助を行って地球人のすばらしいところを見せて、段々に気持ちをこちらに向けて話し合う機会を多く持っていくという方法もあるだろう」

「何を悠長なことを言っているのだ！　やつらは人間じゃない。動物だ。牛や豚と同じなのだ」

「君は、人間と動物の区別はどう考えるのかね？」

「やつらは、文化を持っていない。農耕文化すら無い。道具はこん棒しか持っていない。衣服は何も着けていない。これでもクリア人を人扱いにするのかね。動物だよ。殺して食ってもいいんだ！」

「君、言葉が過ぎるのでは……」

「言ってる内容ではなく、言い方は悪かった……」

「彼らは言葉を持っている。人間の言葉がわかり少し話せるそうだ」

「どんな動物だってその動物同士の言葉はあるさ。犬でも豚でも言葉は持っているよ。人間みたいに複雑ではないだけさ。私の家の猫は子猫に話しているよ。危ないからそこに居なさい、もういいからこちらへきなさい、など、私が聞いてもわかりますよ。子猫はそれに従っているよ。じっと物陰にかくれていて、出てきなさいと言うと子猫は飛んで出てくるよ。犬や猫を可愛がった人なら誰でもわかることさ」

「へえ、ほんとなの？」

「私の家のインコは、もっと利口で人間の言葉を話すわ」

「あれは、単なる物真似さ。ハッハッハ」

「失礼な！」

「言葉があるということは意思があるということだね」

「豚にも意思があるのか？」

「勿論だよ。豚が屠殺場で殺されるのを見たことがあるかね」

「有るわけないよ」

「殺されるのを豚もすぐに分かって、いやだ、いやだ、助けてくれ！　助けてくれ！　とギャーギャーと断末魔の叫びをあげますよ。牛も同じさ、どんな動物だって意思があるのさ。虫けらだって危険を感ずれば逃げますよ。これは意思というより種の保存的な本能ですがね。小さな小鳥でも、木の中の虫を小枝を穴に入れて取っている鳥もいるし、蟻を羽の中に入れて寄生虫を取ってもらう小鳥もいると聞いている。利口なものさ。みんなそうしようと思ってやっているのさ。意思をもってね。家族があり親子夫婦の会話もあるさ」

「貴方は動物学博士だからわかるのでしょうが、貴方は肉は食べないのですか？」

「いや、……」

「食べるのでしょう。貴方は人間だからでしょう。人間は暴力で他の動物を食ってもいいのさ」

「その話の続きですがね。支配者には別の多くの恐怖がありますよ。人間は動物と違い、外部からの危険の恐怖だけではなく、自分勝手に己の生命の危険を感じて恐れおののく恐怖が多いといえるでしょうね。例えばですね、現在、病んでいる病気にたいする恐怖や将来予測できるあらゆる恐怖などは人間特有のものと言っていいのではないでしょうか。それは多分、傲り昂ぶる人間に与えられた宿命でしょうね。人間はいつも何かの恐怖感を抱いて生きているのですね。これに耐えられなくなったときは、自らの命を絶つほどの、人間にとっては大変な重荷と言えるでしょうね。貴方もそうでしょう。現在の恐怖はないですか」

「バカな事言わないでくださいよ。明日の我が身はどうなっているのか、わかる人なんかいないでしょう。しかも、戦いを前にして何を悠長な事を言っているのですか。時間の無駄だ！　……と思いますよ」

「支配者は何をやってもいいと言い切っていいのですね」

「結論付ければそういうことだろうね。支配者は何でも許されるってことさ」

「動物と人間の境目は何なんだろうか。ここまでが人間でこれ以下が動物だなんて判定ができるのだろうか。いや、そんなことしていいのだろうか？」

……皆、自分自身の罪の意識を感じておし黙ってしまった。

「彼らは、人間を何と思っているのだろうか？」

「私、思うには、彼らの祖先はクリアの星で生まれて自然界の手に入る物を食して生きてきた。果物、魚、動物など、何でも食してきた。彼らを襲う動物も居たがそれに打ち勝つ知恵があった。つまり、ここは彼らの征服する土地だ」

「我々地球の人間とまったく同じだね」

「そこへ人間が進入してきた。戦ったが最後には彼らが勝った。支配者には変わりない」

「支配者、地球上での人間と同じだ」

「地球でいう人間と同じ立場だとすると、この星での彼ら支配者にとって人間は何なんだろう」

「地球上では人間が支配者だ。地球上に生まれたあらゆる動物の上に立つ支配者だ。牛や豚を食し生きている。支配者は何でもできる。それが支配者の決めた正義だよ」

「ここでは、我々は動物だ。支配者は彼らだ。人間が他の動物を当たり前のように殺して食っているのと同じなのだ。我々地球人の論理からみれば、彼らは人間を食って当然ということが言えやしないかね」

「我々が豚か……」

「そのとおりだね」

「では、今回の会議の結論は、戦って彼らに勝って、我々が支配者になるほかないではないか」

「強い者が勝ち、勝ったものが世を支配する。生き物は強い者が支配するのだ」

「つまり、暴力だ。暴力が正義だ」

「そうだ！　戦いだ！」

「いや、共存も出来る。同じ価値観を認め合えば共存も可能だ。地球で各国が仲良くやって来たのと同じように」

「組織された敵はわずか数百だ、勝てる！」

「それには時間が掛かる。人間だって歴史を見れば、国と国とが戦い、つまり人間と人間が人間の頂点の支配者を目指して殺し合ってきたのだ。共存など夢の話だよ」

「いや、今だって、捕らわれている人間以外は共存しているではないか」

「あれは共存ではない。やつらに農耕や家畜生産で貢献しているから生き延びているだけだ。やつらの奴隷として従っているだけだ。殺されるのが怖くてな。人間同士同じことをしてきたじゃないか」

「やつらに食われないためには、戦う以外にないだろう」

「そうだ！　我が宇宙軍は超近代兵器を所有している。隊員も意気盛んだ。必ず勝てる。敵陣地は手に取るように分かっている。しかも、我が隊員がやつらの中に潜入しているのだよ。勝ったも同然だ」

「宇宙軍の言うように勝てると思うよ。同胞を助けだそうではないか」

議論は二つに分かれたままに……沈黙が続いた。


「先住民達が言うように多数の犠牲者が出るだろう。先住民達は戦う意思がない。彼らにその意思がなければ戦いはできない。それに、敵中に我が部隊がいるのは有利に思えるが、敵にとっても同じことが言えると思う。殺すのは簡単だ。戦っても勝つ保証はない。負ければ皆殺しだ。最悪の場合を考えねばならん。戦いは回避しよう。この星の三万四〇〇〇人しかいない人間を減らすことは出来ない。時間が解決してくれるまで待とう。きっといいチャンスがあるだろう。その時まで」

「議長！　それはいかん。家畜人間を助けないのですか。人間が食われているんですよ。豚、牛みたいに食われちまっているんですよ」

「わかっている。戦となれば、彼らの手中にある全員が殺される危険がある。やれないのだ。時を待て。……では、決をとる」

国防会議は決をとり、六対四で戦いは回避された。

宇宙軍の反乱

宇宙軍本部

「司令官、我々は引き下がりません。実行あるのみです！　人間が、人間が家畜とは。食われているんですよ」軍参謀長が叫んだ。

「佐藤参謀、言うな。国防会議の決定事項だ。従うしかない」

「こんなばかなことが……」

「佐藤参謀長、我々だけで決行しましょう。五〇あれば勝てる。参謀長のつくった兵士は死を決して恐れない。五人分の働きをします。決行です！」

「ウムッ……、私も考えていた。司令官は国防会議メンバーだ。苦しそうであった。……が我々は違う。国防軍兵士だ」

「司令官は我々の気持ちはよくわかってくれているはずだ」

「参謀、すぐ準備にかかります。極秘で」

「今夜、作戦会議だ。主だったものを五名集めよ」

「ハハッ！　参謀長閣下」

「ハッハッハ、よせよ」

「地球人達はどうするか。知らせて協力を求めるか。極秘で奇襲か」

「敵地の地理的状況は手に取るようにわかっている。奇襲でも可能だ」

「奇襲直前まで知らせない方がいいのではないか。勘づかれるとまずい」

「夜襲がいいのでは。敵は夜は人間より少し見える程度だ。我々はよく見える。勝てる」

「満月の夜だ。敵のお祭りの夜がいい。文字通り一網打尽だ」

「イ、チ、モ、ダ、ジ、ン、？」

「日本の言葉だよ。獲物が集まったところに網を打って一度に捕獲することさ。わかんねえだろうな」

「参謀長、わかるよ。イ、チ、モ、ダ、ジ、ン、ね」

「案内人付きの奇襲か。勝って当然だね。ハッハッハ……」

「よし、……イカダは森の中で……調査隊編成の……司令官の許可をもらう……満月は一〇日後だ。六日後行動を起こす。決行だ。司令官はじめ皆に気付かれぬようにな」

隊員は意気軒昂であった。

討ち入り決行

五日後、四七隊員の影が森に消えた。

二隻のイカダが川を下っている。

「参謀長、順調です。計画に狂いはありません」

「うむ、……四七士か……三〇〇〇年も前の話だが、……日本の侍……」佐藤参謀は家宝の日本刀を居合抜きした。月の光がキラリと佐藤の顔に反射した。

「参謀長、島は我々のものです。いやこの星は我々のものです」

「おい、言葉が……我々のものか。ふふ……」

イカダは順調に川を下り、夜明けに河口に出た。

「危険地域にでたぞ。上陸しないでこのまま進むぞ。下のほうに注意しろ。探知機いいな、しっかり見張れ」

「爆雷はいっぱいあります。出てきたらプレゼントしますよ」

「参謀、いますよ。あの小島に黒く見えるでしょう。あれでしょう。手が長いし間違いないですよ」

「あれだな。利口そうな顔をしているな」双眼鏡をのぞき呟いた。

小島を通過した時だった。島影から三〇メートルもあると思われる巨大な海獣がイカダ目掛けて大きな口を開けて突進してきた。体は鯨で頭はイグアナのような海獣である。あの知的海獣が背びれにしっかり捕まり操りながら頭に乗っている。レーザー銃や隊員の携帯する短銃が一斉に発射された。巨大海獣はイカダに到達する前に頭部を破壊され、乗っていた知的海獣も瞬間に吹き飛ばされた。巨大海獣はそのままイカダに激突したため、イカダは一〇メートルも撥ね飛ばされ、積み荷と隊員数人を海に投げ飛ばした。それぞれ回収でき、損害はなかった。

「異常ないか？　全員無事か？　何だ、今のは、鯨の仲間か？　いやー、すごいのがいるな。島を避けて進め」

「全員無事のようです。助かった」

そのころ、地球人村では緊急国防会議が開会された。

「司令官！　軍事行動は本当か？」議長がかんだかい声をあげた。

「……はて、何事か」

「隊員からの報告があったぞ。国防会議の決定事項を軽んじて、気は確かか？」

「……若い者は……いや、みんな疲れている。正義感が燃えたんだ。食われている人間をそのままにはしておけんと叫んでな。地球人解放軍だよ」

……沈黙が続いた。

「して、決行は」

「明日の晩だ」

「島の先住民は、地球人の命は大丈夫か？」

「先住民はクリア人と一体だ。心配はないと思うが？　攻撃する者のみ敵だと判断するようだ」

「よかった。何か、我々ができることはないか？」

「議長、この際、総攻撃で対決すべきではないか」

「いや、無線で議長が直接話したらどうか。引き止めてみては」

「……それには応じないだろう」

「あのね。クリア人に何かプレゼントでもしたらどうですか。人間の肉など食わないでくださいと言ってね」

「えっ！　グッドアイデアだ。人間さえ食べないようにしたら問題はないわけだな」

「人間の肉はうまいのかね？」

「見てみたまえ。運動不足のこの出た腹、これがうまいと思うかね？」

「しっけいな！」

「こら！　何て事を。国防会議のメンバーともあろうお方が」

「こら、とは、国防会議の議長の言葉とは思えない」笑いがあった。

「人間の肉よりうまい物を献上すれば、人間の肉など食わないと思うが」

「献上とは、ご丁寧に」

「そうだ。山で取れる肉がいい。同じ肉だ。火で焼いて持っていこう。我々が食ってもうまい肉だ。喜ぶに違いない」

「彼らは、ブタ肉を食ってるぞ」

「食えるのはほんの一部の人だ。それもほんのちょっぴりだけだ。かえって肉の味を知ったから、どんな肉でもたらふく食いたいのには変わりないよ」

「よし、やってみよう。長期の供給も可能だ。これならいけるぞ」

「早い方がいい。直ぐ取りかかろう。出来るだけ多くもっていくことだ。クリア人全部に食ってもらおう。ここで取れる塩をたっぷり使って焼けばうまいぞ。彼らはまずい岩塩だそうだからな。三〇〇〇人分は大変だぞ」

「果物やジュース等も喜ぶのではないか」

「それもよい、ありったけ持っていこう」

「火を焚け！　肉を持ってこい！」

地球村始まって以来の忙しい日が来た。

クリア人との戦い

地球人解放軍のイカダは順調に航海し、クリア島に到着した。

「あれだ。先発隊のイカダが見える」

「先発隊、先発隊、こちら佐藤隊、只今、島に到着」

「こちら先発隊。こちら先発隊。了解。本部で感づいたようだぞ。イカダに残した二人は隊に合流させよ」

「ここまで来てはこちらの勝ちだよ」

「イカダに二人いるはずだが見えないな。上陸して果物でも取っているのだろうよ」

「おい！　あれは？」イカダを指差して隊員が叫んだ。

「人骨だ！」まだ赤黒い肉片がついている。

「頭蓋骨の中まで食ったようだな。空っぽになっている。むごいな」

「これは未だ一〇時間くらいしか経っていないな。衣服のないところを見ると、恐らく海に引きずり込まれたのだろう。イカダに血が流れてない」隊員は十字をきった。

「海に引きずり込んだのに、なぜ、ここに？」

「そうだ。……そのとおりだ。なぜ？」

「俺たちに……見せつけるためだ。……仇討ち……？」

「ちくしょう！　出て来い！」

「よし、全員出発だ。ここを上るぞ！」

「イカダがやられるのは困るな」

「機雷を仕掛けろ。六本、海中に仕掛けておれ。海面近くに浮かせよ」

接触すると爆発する機雷を仕掛けた。

一行はジャングルの中を方向距離計と先発隊の残した樹木の切り倒した目印をたよりに行軍していった。行軍を始めて数キロ進んだ頃、ドドーンと爆発音が聞こえた。

「機雷だ。早くも機雷に獲物がかかったようだ」

「やつら、驚いたろうな。もう、近づくまい」

「しまった……」参謀佐藤隊長が小さく舌をうったのを誰も気が付かなかった。

「先発隊、先発隊、こちら解放軍佐藤隊。只今、仕掛けた機雷が爆発したが、気がついたか？」

「いや、何もないよ。音など聞かなかった。誰も聞かなかったよ」

「そうか。敵に感づかれたかと思ってな」

「敵は、我々よりも何倍も感度がいいから、あるいは感知したかも知れんぞ」

「音は感知しても、我々のことは感知出来まい」

また数キロ進んだころ、佐藤隊長が作戦変更を命令した。

「小休止！

「全員着剣！」

「皆、異常はないか。既に敵陣に入った。ここで作戦変更する。これより先発分隊を編成する。分隊は一〇名だ、二号隊員キリーが指揮をとれ。先発分隊はこのままD３ポイントまで進め、そこで小休止し我等本隊の連絡を待て、我々本隊はここから別ルートでD１ポイントへ出る。両ポイントは火祭り場へは普通の徒歩で三キロ、一時間の距離だ。日没と共に一時間半を掛けて気づかれないように攻撃場所へ出る。攻撃場所のA点は我々の部隊をA隊、B隊に分けてA隊はA点に待機、B隊はB点に待機、C点は分隊が待機する。日没二時間後ごろに人間を撲殺後火の中に投げ込む。その直前に攻撃する。三ポイントから攻撃行動に出る。挟み撃ちだ。各人、顔を黒く染め、樹木の枝を頭や肩にカムフラージュしろ。以上質問は？」

「敵の火祭りが日没時に始まるのは間違いないか？」

「敵の火祭りは日没と同時に始まる。二時間後は人間を火あぶりにする時間だからその直前に攻撃を開始する。敵は催眠状態であり非常に疲れている時間帯だ。回りから迫撃砲とレーザー砲で総攻撃だ。しかし、人間を吹き飛ばさないよう注意しろ。ファイヤーが中心にあるから、周りに連射せよ。この迫撃砲で敵は半数を失うであろう。火祭り場の作戦完了した後は、C隊は逃した敵の掃討作戦を行う。A隊、B隊は敵の住家の洞窟を攻撃し敵を殲滅する。先発隊の一〇名は住民の保護と洞窟内の地球人の救出と我等の誘導だ。敵の動きは全て、手に取るようにわかる。敵討ちだ！　皆殺しだ！　遠慮なくやれ。勝利は見えている。我々は救世主だ。解放軍だ」

「言い忘れたが、接近戦となった場合は腰を低くして銃剣で敵の足を払え、動けなくして止めを。訓練どおりやれ！　……全員無線機は切るな」

「隊長、作戦変更の理由は？」２号隊員キリーが聞いた。

「敵に対する陽動作戦と思え。成功のためだ」左手で軍刀を握りしめた佐藤隊長の目が威嚇するようにキラリと光った。


分隊一〇名は行軍を開始した。

待機Ｃ地点に近づいた時、突然、敵の攻撃を受けた。

まず、ブッとこん棒が飛来しズンという鈍い音とともに道を切り開いていた先頭隊員がドーと倒れた。

「敵だ！」本能的に身を屈めた。同時にこん棒の飛来で三隊員が倒された。全員のレーザー小銃がこん棒の飛来方向へ向けて火を吹いた。突進してきた敵の三人が腹を吹き飛ばされて二つになって吹き飛んだ。双方の叫び声が交錯する大混戦になった。戦いは五分とかからなかった。分隊隊員は、全員こん棒によって打撲を受け戦死した。クリア人の戦死者は一三であった。双方の死体は勝者が背負い全部運ばれた。クリア人の戦闘参加者は五〇以上であった。

　森は何もなかったように静まりかえった。


戦いの一部始終を本体の佐藤隊長は無線機で傍受していた。

「敵だ。先発分隊がやられた。通信が切れた……」

「出発！　支援に向かう」

「……やはり来たか、全滅したと思ってくれればいいが……」この呟きは聞き取れなかった。


戦闘現場は血に染まっていた。死体は一体も見当たらなかった。

「これは？」

「敵の腕だ」草むらに置き忘れた腕があった。

「レーザー銃による切断だ」切り口の肉部が焼け焦げていた。

「ここに、銃が折られている」

「ここにも、血がついたヘルメットが割れている」

　銃が一〇個、無線機、その他の装備品が発見された。

「全滅か？　それとも捕虜となったか？」

「この様子だと捕虜はあるまい」

「隊長！　相当手ごわい相手だ」

「いや、戦場が不利な場所だ。ここでは接近戦は不利だな。レーザー銃の威力が出ない」

「しかし、我が方も敵をレーザー銃で相当数倒していると思う。敵の損害は多いぞ。敵は銃の威力に恐れをなしているはずだ」

「隊長！　これは敵の偶発的な勝手な行動か？　それとも、我々の作戦が漏れた上での敵の作戦か？」

「そうだ、我々の戦いは敵に漏れるはずがない。それとも、先発隊の中に裏切り者がいるのか？」

「うむ、ワシにも、本当のことは分からん。彼らの危険予知の本能か？　あの爆発が引き金になっているのであろう」

「あれが察知できた……超能力か？」

「作戦が漏れては戦いにならない。戦場に到着するまでに皆殺しに遭うぞ」

「ジャングルの中では計器でも敵の接近がわからない。作戦変更を」

「いや、この戦場の踏み荒らした状況を見ると敵は相当数投入している。そのまま引き上げたのはおかしい。敵は我々を殲滅したと思っているはずだ。敵はその程度の知能ではなかろうかと思う」

「そうだ、敵中にいる先発隊の一〇人が危ない！」

「いや、状況報告したが、今のところその様子はない。警戒体制中だ」

「彼らは、危害を事実受けたか、危害を受けると感じた場合に敵と判断するようだ。先発隊は地球人の先住民の中へ入ってしまっている。彼らに危険な人間の認識はまったくないだろうから地球人らに危険はないと思っていいだろう」

「隊長、どうしてそこまで？」

「ワシの超能力だよ。敵以上の超々能力だよ。だまって俺に付いてこい。ハッハッハ」

「……分隊がやられるのも分かっていた？　……」だれかが呟いた。

「隊長、笑っている場合じゃないですよ。戦力大幅ダウンですが、これからの作戦は？」

「今夜の作戦の戦場は我軍に有利だ。攻撃作戦は変えない。C隊の作戦行動は無くなったが、火力は十分だ。迫撃砲とレーザー銃の威力を見せてやれ。これは失礼、諸君の腕前を見せてやれ、だったな」皆の笑いがあった。

「よし！　任せてくれ！」再び皆の笑いがあった。したたかな隊長である。

　その時、木々が騒ぎだし風が出てきた。

「風だ、いい風だ。汗が引っ込むぞ」

突然、

「痛い！　何か背中に！　取ってくれ！」

「何だ！　これは？」

「どこから来たんだ！」

「また来たぞ！　ヘルメットに当たって落ちたぞ。これは空からだ。小さな鳥だ。コウモリか？　風に乗ってきたんだ」

「はやく、テントを広げろ。危ない」

数匹がテントを破り鋭いくちばしを突き出した。くちばしは小刻みに振動し食い込んで来た。

「見ろ、このくちばしが小刻みにスゴイ速さで動いているぞ。ドリルみたいに体内に食い込んでいくようだ」

「血を吸い。肉を喰うのか？」

「大丈夫か？　傷はどうだ」

被害は一人に止まった。軽傷で行動には支障なかった。

風は止み、怪鳥も姿を消した。

黄金の夕日が西の空を染めだした。木の葉から漏れる光で待機する地球人達の顔も黄金に染まっている。黄金の顔が動きだした。

「時間はたっぷりあるぞ、装備を怠るな。銃を忘れたら素手で戦うことになるぞ」

「点眼薬をやれ！」

日没とともに二時間後の総攻撃開始を胸に三七士は目をフクロウのように輝かせながら行軍を開始した。いつしか、二つ目の月が昇り始めた。

一〇隊員の損失は隊員の不安をかき立て苦しくのしかかっていた。

どうしてこの俺が、遠い遠い星で、今、異星人との戦いを迎えているなんて、信じられない。俺はこの地で命を落とすのか。涙を頬に行軍した。

「解放軍A隊、A隊、こちら偵察隊。予定どおり、クリア人達は火祭りを開始した。攻撃ポイントへの到着には支障はない。予定通り進軍せよ。こちらの準備は完了している」

遠くでチャッ、チャッ、コン、コンとケチャのようなリズムが聞こえて来た。リズムは高く低く波のようになっていた。チャッ、チャッ、の音が次第に高くなり、隊員たちの進む足音がその音に消されて次第に聞こえなくなった。

「聞き覚えのあるリズムだな、まてよ、あのリズムはバリ島のケチャにそっくりだ。どうして?……」

「こちらA隊、A点到着」

「偵察隊了解」

「こちらB隊、B点到着」

「偵察隊了解」

木々の間からファイヤーの光がちらちらと見え隠れしている。銃を構えた隊員の目に火の光が映っている。隊員たちの高鳴る心臓の鼓動はケチャのリズムで聞こえて来ない。

クリア人が狂ったようにケチャのリズムに酔いしれている。その姿を見ながら隊員達は怖さと興奮にブルブルと震えながら突撃の命令をじっと待った。

「こちら、偵察隊。ブタの撲殺が始まった。迫撃砲、準備はよいか?」

「こちらA隊、準備完了」

「こちらB隊、準備完了」

「こちら偵察隊、発射せよ」

「発射」「発射」A隊、B隊から迫撃砲が発射された。

目標どおり迫撃砲が次々と着弾した。一発で数十人がバタバタと倒れた。

「突撃！」レーザー銃の隊員が木々の間から飛び出し、レーザー銃を乱射した。不意をつかれたクリア人は慌てふためき銃の餌食になった。しかし、予想しなかった事態が目の前に展開した。クリア人達は沼にザブン、ザブンと飛び込みその姿を消した。

「しまった！」沼に消えたクリア人は水面に姿を現さなかった。

やがて、池の岸へ続々と這い上がってきた。

逃げまどうクリア人の走る速さは相当なものでレーザー銃も手こずっていた。やがて、射撃する隊員がズン！　と頭を打ち砕かれてドーと倒れた。石だ。投石により即死した。投石は正確で目にも止まらぬスピードである。

戦況は逆転し隊員は次々に倒れた。投石がレーザー銃に勝っていた。

佐藤参謀長も重症を負い、全滅を知って軍刀をノドに突き刺し最期をとげた。

あっけなく戦いは終わった。

戦い終わって

先住地球人村にも異変が起きていた。数百の地球人たちは衣服を抱えて洞窟に向かって押し寄せた。入口の見張り役のクリア人は驚いて逃げてしまったため無条件の入場であった。先頭に立つリーダーは山本とキムだった。

全部の洞窟が解放された。人間もブタも解放された。洞窟内の人間達は恐る恐る一人また一人と出てきた。初めての外の人間との出会いである。裸の人間はまだ何が起こったのか理解出来ず、キョロキョロとして身を縮めていた。嬉しさの表情は誰もしていなかった。皆は被服を与え着せてやった。迷惑そうな顔でされるままに立っていた。初めての衣服だ。裸での洞窟内の生活が全てであった哀れな人達である。外で生活していた先住民達は、みんな涙を流していた。こんなにそばに居たのに放置しておいてすまなかった。申し訳なかった。何もしてやらなかった。二〇〇年もの長い間何もしなかった。衣服を着せながら泣いた。ガベガベにひっついた子供の長く延びた髪を切ってやりながら涙が止めどなく流れた。すまなかった。しっかり子供を抱きしめ、これでも私たちは人間だったのか。自分達の不甲斐なさを恥じた。

入口付近でざわめきが聞こえてきた。戦いに勝ったクリア人達が入ってきた。

双方向かい合って対峙した。不穏な空気が流れたとき、地球人村の長老が拍手した。拍手は一つ一つ増えていき、地球人たち全部が拍手した。クリア人はとまどったが拍手に乗った。全員の拍手が起きた。万雷の拍手になった。閉じ込められた人の顔がゆるみ、クリア人の顔もゆるんだ。笑いが起こった。涙と笑いと拍手でくしゃくしゃになって抱き合い生きる喜びにわきかえった。

その時、広場の切り立った壁岩の上の木々の枝が風もないのに騒いだのにだれも気づかなかった。見えない宇宙船のなかで宇宙人も拍手しながらうなずいていた。宇宙船は音もなく消えた。

星のまたたく夜空から、大きなケチャのリズム音が聞こえてきた。みんな一斉に音の方を不安と驚きの顔で見上げた。スカイボートが姿を現した。

ボートは宙づりにしてきた大きな荷物を徐々に降ろしてきた。何か、いい匂いがしてきた。荷物には市長とお嬢さんが乗り、手を振りながら降りてきた。荷物を降ろすとボートは飛び去った。市長とお嬢さんは荷物のかんぬきを外し囲いを解いた。荷箱はいくつもの木箱が入っていてそれをみんなに分けた。積荷は焼肉と甘い瓜とジュースが満載されていたのだ。地球人もクリア人も焼肉にかぶりついた。腹が減っていたからたまらなくうまいのだろう、うぐうぐ唸りながら貪り食った。たらふく食って満足した。クリア人達も満足して家族のいる家に焼肉などの余った物をかかえて帰っていった。続いて人間達が捕らわれの身であった人達をいたわりながらわが家へと案内していった。

宇宙軍先発隊は山本とキムを交えて人間の死体の片付けを全部済ませていた。クリア人も戦闘に勝ったことに満足し、敵は無くなったことを察知して穏やかとなり、人間と一緒に数十人のクリア人の死体を片付けた。

惑星クリアに大勢の地球人達が来て、お互いの居住地との交流も活発となり、物々交換も行われるようになった。クリア人も焼肉欲しさに山の幸を取るための労働をすることを覚えた。地球人との遊びも仲良く共存することも自覚するようになった。毎日が平和である。

地球国議会

クリアに平和がおとずれ地球人議会も平穏であった。

「開発計画は大幅に遅れていますが、特に問題は有りません」

「そうですね、慌てる必要も無いですからね」

「食料の生産では、小麦の生育が悪く二〇パーセントの減産になると思われますが、ま、その分肉を食ってもらいましょう」

「そうですね、パンの中に肉を多めにサンドすればいいでしょうね。ハッハッハ」

「洞窟暮らしの長かった人達の教育も大幅に遅れていますが、特に問題は有りません」

「そうですね、慌てる必要も無いですからね」

「事故は、肉掘削場トンネル内で積み荷の氷の肉が崩れてひとり圧死しています」

「それはいけないですね。安全管理に手落ちはないですか？」

「現在調査中です」

「そうですか。では、次回に詳細報告をお願いします」

「宇宙軍としては、軍事訓練はさっぱり士気が上がりません」

「そうですね、この世、今のところ敵がいないですからね」

「異星人からの攻撃がまったく無いとは言い切れませんから、訓練は継続してやっていくつもりでいますがね。そこでですね、私がかねがね気になっていることなのですが、我々をこの星へ案内していただいた、グレートへお礼に行ってみる時期ではなかろうかと思うのですがいかがでしょう皆さん」

「宇宙軍として計画は立てたのですね。もう、既に」

「ハイ、実は本件については相当以前から論議してきています」

「それはわかります。具体的にはどのようにですか」

「司令官、まさか、征服したいと思ったりしてはいないでしょうね？」

「征服なんてとんでもない。宇宙軍としては、グレート人は我々よりはるか優れた科学と文化を持っていると判断しています。へまをすれば元も子も無くなりますからね」

「お礼は一応してありますのでね。このままの方がよいと思いますよ」

「私もそう思います。あちらへのご招待か、それともあちらから来てくださることを待ちましょう」

13　夢の惑星訪問

グレート人からの招待

「実はですね、皆さまに良い知らせです。招待状が届きましてね。グレートからですよ。どうぞ、おいでくださいと言ってきましたよ。宇宙軍の希望がかなえられますね」

「ほんとうですか」

「ご招待とあらば是非行きましょう」

「皆様、訪問することで異議ありませんか？」

「異議無し」

「それでは、司令官の意思を尊重し、招待に応じることにしましょう。参加者は私を団長に二〇人くらいでいかがでしょうか？」

「異議無し」

「ありがとう。出発は三〇日後位を目標に、相手との交渉をお願いします」

「異議無し」

グレート訪問

グレート側の招待は出来るだけ多くの人ということで、二〇〇人程度の訪問となった。グレートまでの距離六〇〇〇万キロ、化学燃料推進により最高速度秒速二五〇キロのスピードで往路三日間の旅をスタートした。

宇宙船は往路にクリア星を回る宇宙船の機関部へ立ち寄り燃料の補給を受けた。核融合炉は漆黒の星空にボーとした美しい青い光を浮かび上がらせていた。すこしも変わらぬ炉の姿を見て皆の心は和んだ。

…………

楽しい旅は続いた。

宇宙船指令室のコックピットの大画面にグレートからの招待ご案内が受信され、英語音声と英文が放映された。

「地球人の皆様、ようこそ、グレートへ。とうとうおいで頂きましたね。私たちは数千年前から地球を訪問しています。地球の歴史を見続けて来ました。もうすでに貴方たちの肉眼でも我が星がよく見えてきたでしょう。地球と同じ美しい水の惑星です。私たちの星は地球よりも二〇億年も先の七〇億年前に誕生しました。生命の誕生は地球より遅く二〇億年後です。高い知能を持つクリア人の先祖は八千万年前に姿を現し、機械による乗物を利用したのは一万年も前のことです。私たちは、近代の地球の科学文明を遙か昔に経験したのです。私たちの文明の発展過程には争いはまったくありませんでした。そのため文明の破壊はまったく経験していませんので、文明は後退することなく発展進歩してきたのです。地球のような環境汚染の問題は発生しませんでした。なぜなら、環境汚染が想定される問題は事前に解決してからか取りかかって来たからです。私たちの文明の基礎は、地球の言語文化の進展と大きく相違し、クリア星では単一言語であるということです。つまり、同一地域で人口増と文化が進歩し、言葉がはっきり確立してから、気候の異変により人類の移動が始まったのです。この単一言語が争いのない豊かな文明の進歩に大きく貢献したものと思います。さあ、これから私たちの全てをご案内しますのでどうぞたのしい旅をしてください」

…………

「右手に見えてきましたのが宇宙科学工場です。科学工場では無重力により優良な商品を多数産出しています。もちろんリモコンです。材料入荷から製造、出荷まですべて無人で行っています」

…………

「もうじき大気へ入りますが、大気圏突入による熱の発生の心配は不要です。どうぞ窓はそのまま飛行してください。我々がご案内誘導しますので私たちの指示に従ってください。私たちの造った宇宙の通路をそのままゆっくりと見物しながら案内いたします」

…………

やがて、都市の全貌が見えてきた。

「うわー！」

皆、驚きの声をあげたきり、ただただ、目をみはった。

そこには、超々近代的な大都市がきらきらと輝いていた。

どんな人に会えるのだろうか？

今夜、何が食えるのだろうか？

14　西暦五〇二〇年氷の中の地球

地球は未だ煙雲に覆われた氷の下にあった。

地下避難所の曲った鉄ボールに色あせ引きちぎられた日の丸が風になびいていた。

氷の間から人間の子供が二人ピョコンと頭を出しキョロキョロ周りを見ていた。目の前を真っ白なウサギがピョンピョンはねながら、足跡を残して行った。

子供は向き合いニコッと微笑んだ。そして、パッと氷の中に頭を引っ込めた。親に足を引っ張られたようである。

完

あとがき

わたしには、宇宙をさまよう時間がかなりある。

寝る前の真夜中に外に出て数分星空を見つめる。首筋がこる症状に苦しめられているので、そっくりかえって夜空を見るのは非常によいようだ。

運がよければハッキリと流星が見られる。最近の八月の夜、二〇分くらいで三個の流星を見ることができた。

私が宇宙に興味を覚えたのは何時ごろかはよく覚えていないが、昭和四二年、佐貫亦男著「ロケット」（旺文社）を興味深く読ませていただいたので、このころからかも知れない。一九六九年七月二〇日、人類が月に立ったニュースは衝撃的であった。その時の新聞は現在も大切に保存している。生後一か月の長男が母に抱かれてミルクを飲んでいる脇に「いま月を踏んだ」の大見出しの新聞が写真に映っている。我ながらよい演出だったと自負している。どうやら長男も宇宙が大好きなようである。

現在の私は、「ニュートン」（教育社）を愛読させていただいている。「ニュートン」を開くと、もう私は宇宙人だ。遠い銀河の先まで一飛びあるし、アインシュタインと同席できるのがなんともうれしいことである。

私は「ニュートン」編集長の竹内均先生の大ファンだ。これからもずーっと見ていきたいと思っている。

私にとって著作などもちろん初めてのことであった。

いろいろと思いをめぐらすことがくせなので、宇宙のこと書いてみたいなぁと思ってから一〇年以上になると思う。アイデアなどメモは取りつづけてきたが、そろそろ構想もまとまってきたので、よし、ここらで著作タイムを作って書いてみっかと、ある日曜日にワープロを打ち始めた。

実際始めてみると、今まで気づかなかったいろいろなアイデアが次々と出て来るものである。訂正や追加も大変多くて、ワープロなしではとても出来るものではないと思った。

雑誌に、故司馬遼太郎さんの原稿が写真で掲載されていたのを拝見したが、それが、まったく原形をとどめないほど修正に修正が重なったものであったのには驚かされた。

プロ中のプロのお方でも文章を書くのは容易でないんだなと思った。

では、書いてみて経験した大変だったことをご紹介したい。

一番は、小説とは言え、書いたことにある程度の責任を持つことであろう。参考文献を見つけることは容易ではない。一言でも大変な労力を要することがある。

時代を迷いに迷って西暦五〇〇〇年としたのは、人間が太陽系を飛び出して銀河の旅に出るのはそのころだろうと思ったからである。光子ロケットの実用化はあと三〇〇〇年はかかるのではなかろうかと、私なりに推測したにすぎない。

次に、光子ロケット、宇宙船の姿である。これは最初にイメージしたが最終決定したのは文が終わった後である。光子を発生させる核融合炉の発想よりも宇宙船の形に最も苦心した。

天体が地球に衝突する場面では、イメージがつかめず、近くの「思い川」の川原で実験を試みた。私が大きな石を浅瀬に投げ込み、女房が連写カメラで撮影し、水の跳ね上がる状況や、波の発生する状況を観察してみた。本当の天体衝突に近い描写ができたかどうかはまったく分からないが、とにかくその実験結果から連想された事を書いてみたまでである。

また、木星を核融合させることなど大それたことをしてしまったが、本当に巨大天体衝突で燃えるのか、また燃えたとしてもどのように燃えるのかまったく見当もつかず、これは、私自身が胸に抱いた感情を表現してみたに過ぎない。

衛星イオの爆発も然りである。情けないが学者でないのでお許しを頂きたいと思っている。素人の書いた一つの夢物語としてお受けいただければ幸いに思う。

小説と言えるのかどうかわからないが、初めてこのようなものを書いてみると、なかなか大変なことでもあるし楽しい二年間でもあった。

一九九六年九月二五日

海老原　智夫

時の流れは早い。本書出版後、四半世紀がロケットのように過去へと飛び去った。本書の存在も影が薄くなった今次、(株)22世紀アート様から電子化がすすめられ重い腰を上げてみた。記載内容も古くカビが生えだしたが、この際、大掃除することにした。取り掛かってみると老体ながらイマジネーションの世界に入り込むことができた。楽しかったです。ありがとう。見直しにあたり、フリー百科事典ウィキペディア様他多くのインターネット情報を利用させていただきました。深く感謝申し上げます。

二〇二一年五月

著者

参考文献

「ニュートン」各号（教育社）
「ニュートン別冊」各号（教育社）
「サイエンス別冊惑星の素顔」（日経サイエンス）
「サイエンス別冊ボイジャーの惑星探査」（日経サイエンス）
「サイエンス別冊ボイジャー最後の旅」（日経サイエンス）
「サイエンス別冊銀河系宇宙」（日経サイエンス）
「サイエンス別冊宇宙の誕生と進化」（日経サイエンス）
「サイエンス別冊宇宙の巨大構造」（日経サイエンス）
「サイエンス別冊地球環境を守る」（日経サイエンス）
「絵でみる　世界海洋地図」藤井英一監修（同朋舎出版）
「レッドデータアニマルズ」（宝島社）
「生命・四〇億年はるかな旅立　一」（日本放送出版協会）
「生命・四〇億年はるかな旅立　五」（日本放送出版協会）
「最新地球外生命論　最新科学論シリーズ　二一」（学習研究社）

「絶滅の化学　最新科学論シリーズ　二五」　（学習研究社）
「英和　科学用語事典」　崎川範行監修　（講談社）
「全天恒星図」　広瀬秀雄・中野繁共著　（誠文堂新光社）
「国民百科事典」　（平凡社）
「ｉｍｉｄａｓ一九九六」　（集英社）
「ｉｍｉｄａｓ一九九二別冊付録　宇宙・地球　アトラス」　（集英社）
「タイム　ライフ　ブックス　地球」　（ライフ　ネーチュア　ライブラリー）
「タイム　ライフ　ブックス　宇宙」　（ライフ　ネーチュア　ライブラリー）
「ワールド　アトラス」　（帝国書院）
「スペースアトラス」　河島信樹　三品隆司　（ＰＨＰ研究所）
「ワールドウオッチ地球白書八八〜八九」　レスターＲブラウン　（ダイヤモンド社）
「プラズマ」　谷本充司　（電気書院）
「ロケット」　佐貫亦男　（旺文社）
「ロケット　二一世紀の宇宙開発」　五代富文　（読売新聞社）
「地球は救えるか一　ＮＨＫスペシャル」　（日本放送出版協会）

「アインシュタインと時空の旅」　バリー・パーカー　並木雅俊訳　（丸善）
「アインシュタインの宇宙」　講談社クオーク編集部編　（講談社）
「子供のための相対性理論」　三石巌　（サンポージャーナル）
「宇宙のしくみ」　磯部秀三　（日本実業出版社）
「地球生命三五億年物語」　ジョン・グリビン　（徳間書店）
「地震をさぐる」　島村英紀　（国土社）
「光と照明への誘い」　上原勉　（日本理工出版会）
「あかりと照明の科学」　深津正　他　（彰国社）
「学研まんが　宇宙のひみつ」　（学習研究社）
「コンバット　バイブル」　上田信　（日本出版社）
「謎シリーズ一　月の謎」　（学習研究社）
「環境年表'96／'97」　茅陽一監修　（オーム社）
「天文年鑑一九九六」　小川茂男　（誠文堂新光社）

巨大天体襲来！壮絶な戦い・地球脱出
人類最大の危機を超えて星の海へ

2023年3月31日発行

著　者　**海老原智夫**

発行者　**向 田 翔 一**

発行所　株式会社 22 世紀アート
〒103-0007
東京都中央区日本橋浜町 3-23-1-5F
電話　03-5941-9774
Email: info@22art.net　ホームページ：www.22art.net

発売元　株式会社日興企画
〒104-0032
東京都中央区八丁堀 4-11-10 第 2SS ビル 6F
電話　03-6262-8127
Email: support@nikko-kikaku.com
ホームページ：https://nikko-kikaku.com/

印刷
製本　株式会社 PUBFUN

ISBN：978-4-88877-180-1